小学館文庫

咎人の刻印

ジャック・ザ・リッパー・ファントム

蒼月海里

小学館

CONTENTS

Criminal Stigmata

神無
KANNA
咎人。
令和の切り裂きジャック
御影
MIKAGE
咎人。
弟殺しのカイン。
ヤマト
YAMATO
御影の屋敷の
黒猫執事。
Stigmata

RACTERS
minal Stigmata
llustration: 巌本英利
高峰
TAKAMINE
警察官。
警視庁異能課所属。
雲
NONOME
『咎人狩り』の

prologue

「どうして……」

目の前は血の海だった。そこに、女が一人、沈んでいた。

下腹部を真っ赤に染め、光の無い目で天井を仰ぎながら。

逃げなくては、と理性的な自分が叫ぶ。探さなくては、と本能的な自分が叫ぶ。

この光景には、既視感がある。正確には、実際に見たわけではなく聞いただけだけど。

『令和の切り裂きジャック』などと呼ばれた殺人鬼が、こんな殺し方をしていたはずだ。

ニュースを見た時は、恐怖と疑問だけが頭の中をぐるぐると回っていた。

だけど、今ならば彼の気持ちが分かる気がする。きっと彼も、同じものを探していたのだ。

手にした包丁で、女の身体《からだ》を解体していく。行く手を阻む部位を取り払い、自分の探しものを見つけるために。

だが、思いのほか、人の脂は斬りにくく、人の骨は堅く、あっという間に刃は鈍ってしまった。

この刃物はもう使えない。棄《す》てなくては。でも、また同じものが必要になるかもしれない。

それならば、もっと使い易《やす》い刃物にしよう。

たとえば、草木が生い茂る獣道を切り開けるようなものに。


東京都千代田区霞が関、警視庁本部庁舎。

古き建物と摩天楼が見える一室にて、二人の男が向かい合っていた。

上等な椅子に深く腰掛けている壮年の男は、警視総監である。威厳に満ちたその男の視線の先には、若い男が背筋を伸ばして立っていた。

セミオーダーのスーツに身を包んだその男に隙は無く、眼鏡の奥の眼光は獰猛《どうもう》な肉食獣のようであった。

「――以上のことから、この事件は、異能課である君の管轄になるよう動いている」

「承知しました」

眼鏡の男は、背筋を伸ばしたまま深々と一礼する。警視総監は、厳しい面持ちのまま、彼にこう言った。

「必ずや、この事件を解決してくれ。そうでなくては、君をこちら側に取り込んだ意味がない」

「心得ております」

眼鏡の男は、よどみなく言った。表情らしい表情を見せず、固い意志でこしらえた鉄仮面でも被《かぶ》っているかのように。

「『令和の切り裂きジャック』事件。異能課であるこの高峰辰巳《たかみねたつみ》が、絶対に解決してみせましょう。――ふざけた殺人鬼の眉間に、風穴を開けてでも」

初めて、眼鏡の男の表情が動く。

それは不敵で冷酷で、飢えた狼《おおかみ》のように剥《む》き出《だ》しの闘争心を宿した笑みであった。

1

Criminal Stigmata

切り裂きジャックとカインの奔走

ネオンが街を照らす中、池袋の路地裏を影が往《ゆ》く。

追われているのは筋骨隆々の大男。追っているのは、赤髪の青年だった。

追われている大男の前に、高いビルの壁が立ちはだかる。大男は舌打ちをして、赤髪の青年に向き直った。

その手には、モーニングスターが携えられている。鎖で繋《つな》がれた、厳《いか》めしいトゲのついた鉄球である。現代の表社会では、あまり目に出来ない代物だ。

「残念でした。この路地は行き止まり。大人しく、盗んだものを返した方がいいんじゃない？」

赤髪の青年——神無《かんな》はサバイバルナイフを弄びながら、挑発的に言った。

「残念なのはお前の方だ！　ここにお前の逃げ場はない！」

大男はモーニングスターを振るい、ビルの壁に叩《たた》きつける。すると、轟音《ごうおん》と共に壁に大きな亀裂が走り、パラパラと破片が落ちた。

「こいつで、お前の生意気な面をぐちゃぐちゃにしてやろうか」

大男の剃髪《ていはつ》している頭に、歪《いびつ》な紋章が浮かび上がる。大男は、下卑た笑みを浮かべた。

神無は、それを見て目を細める。

「聖痕《ステイグマ》か……。御影《みかげ》君が言ったように、窃盗の犯人は咎人《トガビト》だったってわけ」

「トガビト？　まあ、なんでもいい。俺ァ、既に五人も殺《や》っちまってるんだ！　お前は六人目の犠牲者ってところだな！」

大男は、はち切れんばかりの筋肉でシャツを軋《きし》ませながら、高笑いをする。

「俺のアジトを突き止めたのが運の尽きってやつよ。私服警察官だか探偵だか知らんが、余計な詮索をしたとあの世で後悔するがいい！」

大男の言葉に、神無は溜息《ためいき》を吐《つ》く。

「サツと間違えるとかカンベンしてよ。どう見たって、お国の歯車になれるように見えないでしょ」

「ならば、探偵か？」

「はい、不正解。チャンスはあと一回ね」

「くっ……！　まさか、俺のいた組が雇った暗殺者か！」

ムキになる大男に、神無は「それいいね」と微笑を浮かべる。次の瞬間、彼は韋駄《いだ》天《てん》の速さで大男の間合いに踏み込んだ。

「けど、不正解」

「このっ！」

神無の凶刃が、大男の右肩を切り裂く。鮮血が、宙に舞った。

「ぐあぁぁっ！」

咄嗟《とっさ》のことに、大男は悲鳴を上げることしか出来ない。そうしているうちに、神無は刃《やいば》を大男に刻み付けていった。目にも留まらぬ速さで繰り出される連撃は、大男の鮮血を花びらのように虚空に散らせる。

「『山茶花《さざんか》』——。あんたの肩に、綺麗《きれい》に咲かせてみたよ」

「ぐ、この……」

大男は、自身の血で染まったモーニングスターをアスファルトの上に落とす。

「ヒトゴロシを自慢するのはダサいと思うんだけど」

うずくまる大男を一瞥《いちべつ》すると、神無はモーニングスターを回収する。思った以上に重く、よろめきそうになったが、何とか踏ん張った。

そんな神無を、血まみれの男は忌々しげに眺める。

「お前は……結局何なんだ」

「同じ穴の狢《むじな》ってやつ」

神無は、自らの首筋を晒《さら》し、欠けた月のような刻印を見せる。それを見た瞬間、大男の表情が強張《こわば》った。

「貴様も、人殺しか……！」

「……否定はしないけど」

大男の言葉に、神無は僅かに目をそらす。その隙を、大男は見逃さなかった。

「このまま、殺されてたまるか！」

肩から出血をしているのも構わず、大男は立ち上がり、大きな両手で神無に摑《つか》み掛《か》からんとする。その熊のごとき体格から発せられる窮鼠《きゅうそ》の猛々《たけだけ》しさに、神無はぎょっとした。

「いや、俺は盗まれたものを取り戻しに来ただけで、殺しは――」

「ぬおおおおっ！」

大男は神無の弁解に聞く耳を持たない。獣のように咆哮《ほうこう》し、神無に襲い掛からんとしたその瞬間――。

「我が血盟により従え、文明を生み出したるプロメテウスの光よ。汝《なんじ》らとともに、我が障害を焼き尽くさん。――『火焰乱舞《エクスプロードイリュージョン》』」

誇り高き詠唱とともに、火球が大男の背中を目掛けて降り注ぐ。

「うおおおっ!?」

大男はその勢いに吹き飛ばされ、神無の前を横切って壁に激突し、焦げ臭さを辺りに漂わせながら気絶した。

「ちょっとツメが甘かったね、神無君」

「結構なご登場じゃない、御影君」

神無は、ビルの屋上を見上げながら苦笑する。

路地裏にそびえるビルの上には、雲をも照らす街の逆光を浴びながら佇《たたず》む白髪の青年がいた。

神無よりも若く、少年らしいあどけなさすら漂う容姿だが、右目には大切なものを隠すかのように厳重な眼帯をしている。

ゴシック調の黒衣をまとう浮世離れした青年——御影は、殺伐とした場に似合わぬほど優雅な笑みを湛《たた》えた。

「この街は、高い建物が多くて入り組んでいるからね。魔術を使う僕は、屋上から対処した方が効率的なんだよ。見下ろす無礼を許しておくれ」

「無礼っていうか、似合ってるっていうか……。路地に誘い込めって言ってたのは、こういうことだったのか」

　完全に気絶している大男を眺めながら、神無は小さく息を吐いた。

「やっぱ、正面から戦うのって旨《うま》く行かないな」

「そんなことはないと思うけどね。後は、場数を踏んで油断をしなければ良いと思うよ」

　御影は神無にそう言いながら、ビルの外階段を下りる。

「んー。それを差し引いても、もう少し動ける気がするんだよね。『暗殺』が俺の異能で、隠密《おんみつ》性に優れているのにさ。わざわざ、相手の懐に潜らないといけないのが非効率っていうか」

「それは、懐に潜らなければ良いってことかな」

「でも、俺の得物がこれだし」

　神無は、サバイバルナイフをホルスターに差す。

　購入した動機は、もう思い出せない。大した理由ではなかった気がする。だが、いつの間にか罪を重ねるために使うようになり、手放すと不安になるほどに自分の一部同然になっていた。

　そして今、罪を重ねたナイフで、罪を清算しようとしている。今更、得物を乗り換える気はなかった。

「得物を増やすのはどうだい」

外階段を下り切り、神無の元に辿《たど》り着《つ》いた御影は提案する。

「やっぱり、それしかないいか」

神無の視線は、ふと、大男から回収したモーニングスターに向かった。

「その武器、神無君が扱うには、少々重過ぎると思うけれど」

御影はくすりと笑う。神無もまた、苦笑を返した。

「冗談。こんなの使う気になれないって。でかい男が鉄球をぶん回すのが正解だったら、俺はやっぱり、スマートな武器かなって」

「そうだね。君は器用だし、力任せな武器よりも、技術を駆使する武器の方がいいと思う。今使っている、サバイバルナイフのように小型な武器で、ね。その方が、立ち姿も美しいいし」

「いや、立ち姿は関係なくない……？」

神無は首を傾《かし》げる。

「関係あるよ。美しい君を見て、僕が癒《いや》される」

「あのねぇ……」

きっぱりと言い放った御影に、神無は顔を覆って呆《あき》れた。

神無もジョークを交えながら話すタイプだが、御影は更に、冗談と本気の境界が曖昧だった。今の発言も、冗談のつもりだろうと思う神無だが、存外、本気かもしれないとも思っていた。御影の美的感覚は、個性的だから。

「まあ、依頼の品は回収出来たし、依頼人のところで熟考してみてはどうだい。幸い、あそこには武器が沢山あったしね。試しに手にしてごらんよ」

「アパレルショップの試着コーナーみたいな気軽さでいいわけ？」

神無は苦笑する。

御影は、「いいんだよ。あと、それは君に任せた」とモーニングスターを神無に押し付けたまま、さっさと目的地へ向かって歩き出した。その背中に、不満の一つでも投げてみようかと思った神無だが、この一件を引き受けることになった切っ掛けが自分であることを思い出し、御影に従うことにした。

「っていうか、こういう流れになるのを見越して、武器商人みたいな奴《やつ》のところに行こうって言ったわけ？」

「さあ？　それはどうだろう」

御影は、意味深な微笑を浮かべたのであった。

池袋の雑居ビルの一角に、その店はあった。

麻雀《マージャン》店や怪しげなサロンなどが並ぶ中に、看板を掲げていない意味ありげなフロアがある。関係者以外立ち入り禁止というありふれた注意書きを気にせずに立ち入ると、そこには所狭しと雑多なものが置かれた『万屋《よろずや》』があった。

壁や床を埋め尽くさんばかりに商品が並べられているので、店内はひどく狭く感じる。その上、商品は模造刀やモデルガン、アイドルのブロマイドにスナック菓子と、一貫性が無かった。

この万屋は、東雲《しののめ》に紹介された店の一つだった。

裏社会――特に咎人関係と繋がっている店で、常連客からの紹介があれば、本物の武器の販売を行い、咎人絡みの仕事を紹介してくれるという。東雲は、この店から武器や情報を入手していたそうだ。

店の入り口に下げられたドアベルが鳴ると、カウンターの向こうで携帯型ゲームに没頭していた店主が顔を上げる。

「あっ、お帰り。王子とその付き人！」

中性的な出で立《いた》ちをした店主は、ごついヘッドフォンを取りながら御影達を迎えた。アニメに登場するロボットが描かれたメンズサイズのパーカが身体のラインを完全に覆い隠しており、高い声で辛うじて女性だと分かる程度だ。

「ただいま、レディ。君の依頼通り、武器を盗んだ犯人を捕まえて、武器も見つけて来たよ」

御影は優雅に微笑《ほほえ》む。

「っていうか、付き人ってやめてくれない？」

神無は不満げに呻《うめ》いた。

「ついでに、王子というのも替えて貰《もら》いたいね。或《あ》る人を思い出してしまうから」と、御影も苦笑する。

「何を言う！　王子はどう見ても王子だろう！　そして、付き人は付き人じゃないか！」

店主の万屋は、携帯型ゲーム機を振り回しながら抗議する。御影は手で顔を覆って頭《かぶり》を振り、神無は抵抗を試みる。

「言いたいことはわかるけどさ。付き人って響きがダサくない？　せめて、番犬とかにしてよ」

「ふむ、悪くない。しかし、他人に決められた呼び名を使うのは面白くない」と万屋は真顔で答える。

「うわっ、面倒くさいタイプだ」

神無が露骨に顔をしかめると、万屋はこれだと言わんばかりに目を輝かせた。

「付き人が気に喰《く》わないなら、飼い犬はどうだ？」

「いや、それなら番犬でいいでしょ」

「だから、他人に決められた呼び名を使うのは面白くないと言っているじゃないか！」

万屋は、またもや携帯型ゲーム機をぶん回して猛抗議する。

「僕は彼女に一票投じようか」

御影がさらりと口を挟む。

「いや、投じないで。っていうか、こっちに投じてくれればいいのに」

「飼い犬の方が、響きが可愛《かわい》いからね」

「可愛さで選ばないで欲しいんだけど。カッコいい方が好きって知ってるくせに」

「ふふっ、悪かったね。そんなに機嫌を損ねないで」

御影は神無の頭を撫《な》でようとして手を伸ばすが、神無は歯を剥《む》いて唸《うな》ってみせた。

「おっと、嫌われてしまったかな」

「意地悪なご主人サマには、しばらく触らせないから」

　ふん、と神無はそっぽを向いた。

「おっけー、おっけー。お前達が仲睦《むつ》まじいのはよく分かった。それはともかく――」

　万屋はカウンターの向こうからのそのそとやって来て、話題を変える。

「私の店から、大事な商品を盗んだクソ野郎の処遇をどうにかしなくてはな」

「犯人なら、ここにいるよ」

　御影は、神無に目配せをする。すると、神無は頷《うなず》き、店の外に置いてあった台車を店の中へと運び入れた。

　そこには、二人と一戦交えた大男が、縄で縛られて気絶していた。その横には、束ねられた武器が載せられている。

「君の依頼は、『店を留守にしていた最中に盗まれた武器を取り戻し、犯人を捕まえること』――だったね。それが出来れば僕達も常連客と同等に扱ってくれるという条件、覚えてるかな？」

「ああ。勿論《もちろん》、覚えているし、報酬も支払う」

　万屋は胸を張ってそう答えた後、気絶している大男には見向きもせず、武器の束をチェックする。盗まれたものが全てそこにあるか、調べているようだ。

「犯人の彼は反社会組織に所属していたらしい。恐らく、何らかの切っ掛けで咎人となって異能が覚醒し、何らかの理由で組織に追われるようになってしまった——と」

大男を眺めながら推測をする御影に、神無は首を傾げる。

「どうして、組織に追われるようになったわけ？　あれだけの異能があるなら、組織にとって役に立つんじゃないの？」

「欲を出してしまったのかもしれないね。力を得ると、人は冷静な判断が出来なくなる。組織の上の者に盾ついたのか、それとも、独立しようとしたのか……」

「それで、戦力を揃《そろ》えようと武器を？　いや、この数だと、何処《どこ》かに横流しでもしようとしたのか」

「そうかもしれない。まずは資金が必要だったんだろうね」

御影は、神無の憶測に頷いた。

そんな中、二人の前で、万屋がぶるぶると身体を震わせる。

「な、ない」

「何が？」と御影と神無は目をぱちくりさせる。

「盗まれたものが足りない！」

「えっ、マジで。アジトにあったやつ、全部持って来たはずなんだけど」

神無の言葉に、御影もまた「取り漏らしが無いように確認をしたんだけど」と表情を曇らせる。

「ええい！　こいつに聞いた方が早いだろう！　ほら、起きろ！」

万屋は、気絶している大男の頭を蹴り飛ばす。大男は、「いてぇ！」と悲鳴をあげながら飛び起きた。

「何をす……ひぃ！」

大男は抗議の声をあげようとしたものの、御影と神無の顔を見るなり青ざめた。万屋も、その様子には目を丸くした。

「おぉ……。すっかり怯《おび》えているが、一体何を？」

「武器の隠し場所を教えて貰うために、尋問を少々」

御影は穏やかに微笑む。

「成程。調教済み、っと。……それはいいとして、うちから盗んだものが足りないってのはどういうことだ？」

「知らねぇよ！　ここで盗《と》ったものには、まだ手を付けてないぜ」

大男の返答に、万屋は御影の方を見やる。御影は、大男が嘘《うそ》を吐いていないと言わんばかりに頷いた。

「何が足らないわけ？」と神無は問う。

「鉈《なた》だ」

「鉈？」

男三人は目を丸くする。

「そんなもん、盗んでねぇよ。第一、その辺でも売ってるだろうが」と大男は抗議の声をあげる。

「確かに。そもそも、武器っていうには貧弱じゃない？　でかい包丁みたいなやつでしょ？　枝を切ったり、動物を解体したりするのに使うっていう……。こいつの目的には合わないんじゃない？」

神無の意見に、「まあ、そうか……」と万屋も頷いた。

御影は、ややあって彼女に尋ねる。

「盗まれたのに気付いたのは、いつだい？」

「昨日だ。在庫をチェックしている時に、足りないことに気づいた」

「では、その前に在庫をチェックしたのは？」

「納品の時だから、一週間前だな」

御影は「ふむ」と相槌《あいづち》を打ちながら、大男の方へと身体を向ける。

「君が、こちらから武器を盗んだのはいつだっけ？」

「……三日前だ」

大男は、小動物のように縮こまりながら答えた。

「その時に、鉈はあったかな？」

「知らねぇよ！　大体、鉈なんて武器じゃねぇし、別の場所にあったんじゃあ……」

大男は改めて店内を見やるが、模造武器もスナック菓子も雑多に置かれていて、何処が何のコーナーだか分からない。カウンターの奥もまた、ゲームやらプラモやら、パソコンのジャンクやら、様々なものが積み重ねられていた。武器が保管されていた場所の様子も、容易に想像がつく。

御影は、万屋の方へ視線を戻した。

「一週間前から昨日まで、店を留守にしたことはあるかい？」

「コンビニで弁当を買いに行く時に数回」

万屋は、店の小さな窓から、大通りを挟んで向かい側にあるコンビニを指さした。

「その時に鍵は？」

「面倒くさいからかけてないな」

万屋は、ずばりそう答えた。

「……フッーに防犯が出来てないんじゃない？」と神無は呆れる。

「今度は、神無君の意見に一票投じたいところだね。君の隠れ家を暴いた者は、他にもいるようだ」

「マジか！」

御影の言葉に、万屋は目を丸くした。神無もまた、「は？」と声をあげる。

「それじゃあ、どうすんの。俺達のミッション、これで終わりじゃないわけ？」

「いいや。重要な売り物は取り返してくれたしな。この件は、これで解決としよう」

うむうむ、と万屋は何度も頷いた。神無と御影は、お互いに微笑み合う。

しかし、万屋の話はそこで終わらなかった。

「鉈を取り返すのは、第二ミッションだ！」

万屋は、人差し指を神無の鼻先に突きつける。

「はぁ？」

「報酬は弾むぞ。Switch を何台も買えるほどな」

カウンターの上に置きっ放しの携帯型ゲーム機を顎で指しながら、万屋は言った。

「……どうする、御影君」

神無は御影を小突く。

「君の自由でいいよ。僕としては、結末が気になるところだけど」

「じゃあ、引き受けるか。まあ、銃くらいなら危険なミッションじゃないでしょ」

「おや。君は、危険じゃない依頼を請けたいのかい？」

「違うよ。危険じゃないなら、軽率に御影君を巻き込めるってこと」

「僕は君よりもベテランだし、危険なものこそ、巻き込んで欲しいのに」と御影は苦笑する。

万屋は、そんな二人の間に割り込んで咳払《せきばら》いをした。

「さてと。第一ミッションの報酬は、振り込みでいいか？　持ち合わせがないんだ」

「構わないよ」と御影が頷く。

「まあ、うちは自由に出入りしてくれていい。これからは、普段は店頭に出していないものも売るし、依頼も斡旋《あっせん》するぞ」

「それは助かるね」

御影が微笑むと、万屋は得意顔になった。

「早速なんだけど、いい？」

神無は、万屋に話しかける。

「おう、なんだ。他にも仕事が欲しいのか？」

「いや、流石《さすが》に掛け持ち出来るほどキャパがないから。俺が欲しいのは、新しい武器っていうか道具っていうか……」

「いいだろう！　好きなものを選べ！　割引をするぞ！」

万屋は、台車の上に置かれている盗まれた武器を指し示す。しかし、神無は首を横に振った。

「そういう、いかにも武器っていうのじゃなくてさ。俺が欲しいのは——」

神無が欲したものを聞いた御影と万屋は、二人揃って顔を見合わせたのであった。

結局、万屋は行く当てのない大男を引き取ることにした——という名目で、盗難を働いて万屋に要らない手間をかけさせた分、肉体労働をさせることとした。

時に店頭に立って防犯に協力し、時に商品の搬入や搬出を手伝い、時に店主の食事を買いにコンビニまで走らされるという。

そして、御影と神無は、新たに鉈捜しをすることになった。対象への殺傷能力が比較的低い道具なのと、万屋自身も野良仕事やＤＩＹ用に販売していたというのもあり、解決を急ぐものではないとのことだった。

「それで、お前達が欲しがっていたツテは出来たということか」

ライダースーツに身を包んだ烏羽玉《うばたま》の髪の女性――東雲は、木刀を片手にそう言った。

「お陰様でね」と神無は頷く。彼はいつもとは違う、ジャージ姿だった。

「その姿、似合っているぞ」

東雲の称賛に、「どーも」と神無は応じる。

晴れやかな空の下、薔薇《ばら》に彩られた庭園の中央にある、広場での出来事だ。

庭園のすぐそばには、御影が住まう屋敷がある。そして、二人の様子を、お仕着せをまとった二足歩行の黒猫であるヤマトがハラハラしながら見守っていた。

「あわわわ……。本当に薔薇を傷つけないで下さいよ。御影様が悲しみますから」

「分かってるって」

神無は、ひらひらと手を振る。

「新しい道具を使った戦闘の特訓――か。それならば、何も、このような場所でなくても良かったのではないか？」

東雲は辺りを見回した。

薔薇の香りが漂う中、アールデコ調のベンチに何処からともなく入り込んだ蝶々《ちょうちょう》が止まる。どう見ても、優雅に談話をしたり散歩をしたりする場所であった。

「俺も、流石にどうかと思ったんだけどさ。池袋の公園でするわけにもいかないし。池袋じゃなくても、近所は何処でも目立つしね」

「いっそのこと、奥多摩の方ではどうだ。もしくは、高尾山とか」

「高尾山とか、天狗《てんぐ》の修行じゃん……。東雲ちゃんは似合うけど」

「私が、修験者のようだとでも？」

きょとんとする東雲に、むしろ天狗と修行をしてそうだという一言を、神無は呑《の》み込《こ》んだ。

「ま、本題に入ろうか。忙しいところ、ご足労頂いて悪いね」

「構わない。他人の修行に付き合うことは、自身の鍛錬にもなるからな」

東雲は、さらりと言った。

「やっぱり、一人だと限界があってさ」

「あのキザ男——御影が相手では駄目なのか？」

「戦い方が根本的に違うからね。あと、戦うのは苦手なんだってさ」

「よく言う」と東雲は苦笑する。

「ホントにね」

神無もまた、苦笑いを返した。

「あと、東雲ちゃんの方がいいアドバイスをくれるだろうって言ってた」

「ふん。褒めても何も出ないぞと伝えておけ」

素っ気無い素振りを見せるものの、東雲もまんざらではなさそうだった。それは、御影の強さを、身を以《も》って体験したがゆえか。

「確かに、接近戦をするという点では、私の方がお前に近いな。多少の助言は出来るかもしれない」

「サンキュ。まあ、今日は接近戦のアドバイスというよりも、対接近戦のアドバイスが欲しいんだけど」

「なんだと？」

東雲が不思議そうな顔をしていると、神無は手にしていたトランクから空き缶を取り出して放った。

神無と東雲の間で、空き缶がくるくると回転しながら宙を舞う。

刹那、空き缶は鋼鉄のフックに貫かれた。

「なっ……！」

面食らう東雲の前で、フックに貫かれた空き缶は弧を描いて神無の手に戻る。

太陽の光を受けて、銀糸が瞬いた。

フックは、ワイヤーに取り付けられており、そのワイヤーは神無の袖口から飛び出していた。

「成程……！　接近戦を得意とする相手に対して、ワイヤーを使った武器で優位に立とうということか」

「至近距離だと、ナイフ一本じゃ不利だしね。それに、折角《せっかく》、異能で気配が消せるわけだし、出来るだけ不意を衝《つ》きたいと思って」

神無は肩を竦《すく》め、手にした空き缶を足元に放る。フックは見事に中央を貫いており、東雲は称賛を口にする代わりに目を輝かせた。

「で、動く相手と特訓したかったわけ。まあ、安心してよ。フックの先には、ちゃんとゴムをつけるし」

「いいや。そのままにしろ」

「は？」

東雲の言葉に、神無は目を丸くする。

「いや、ゴムはつけさせてよ。万が一ってことがあるし」

「構わん」

「構う！　俺はゴムをつける派なの！」

神無は声をあげるが、東雲の目は本気で、瞳の奥は挑戦的な劫火《ごうか》に包まれていた。よく見れば、口元に笑みすら湛えているではないか。

「お前の仕上がり、見事なものだった。是非とも、手合わせ願いたいところだな」

東雲が手にした木刀の先が、妖しく揺らぐ。

いつの間にか、空には灰色の雲が垂れ込め、太陽の光は遮られていた。生温《なまぬる》い風が神無の首筋を撫で、背景と化しているヤマトがソワソワと辺りを見回す。

「本気で来い。この刃が砕かれるまで、私は戦うことをやめない」

「いや……、刃っていうか木刀だし……」

東雲の利き手の甲には、燃え盛る炎のような刻印が浮かび上がる。

闘志を燃やす東雲に、神無は顔を引きつらせながらそう言うので精いっぱいだった。


雲の隙間から、太陽の光が覗《のぞ》く。

東雲が木刀を下ろしたのは、あれから一時間後のことだった。

「いい運動になったぞ、神無」

「そりゃどうも……」

神無は地べたにへたり込み、肩で息をしている。ジャージはすっかり汗で濡《ぬ》れていた。

因《ちな》みに、ヤマトは家事があるからと言って、とっくの昔に屋敷へと戻っていた。

「ワイヤー捌《さば》きはなかなかのものだ。後は、基礎体力を鍛えるといい」

「……アドバイスありがと」

神無は常人以上の体力があると自負していたが、東雲の体力がそれをゆうに上回っていた。流石は、数多《あまた》の咎人を斬って来た戦士である。

「立てるか？」

「あと三分くらい休ませて」

差し伸べられた東雲の手をやんわりと断ると、神無は深呼吸をする。肺に取り込んだ空気がひんやりとしていて、心地がよかった。

「体力をつけるよりも、東雲ちゃんみたいなタイプには近づかないのが一番かも」

「お前は不意を衝けるし、相手の弱点を見抜けるからな。先手必勝で拘束するなり、息の根を止める方がいいだろう」

東雲は、神無に目線を合わせるようにしゃがみ込む。

「私は戦略を練る前に身体が動いてしまうが、お前は意外と冷静だしな。頭脳と技術が勝利の鍵を握ると、私は見ている」

「その方向で頑張ってみる」

神無は頷くものの、体力が底を突いているせいで項垂《うなだ》れるようになってしまった。

そんな彼に、すっと影が差す。

「御影君」

「当ててくれて嬉《うれ》しいよ」

影の主は、屋敷からやって来た御影だった。

「足音と息遣いで分かった」と神無は顔を上げないまま言った。

「君の感覚の鋭さには恐れ入るよ。ジャンヌとの特訓、身になったかい？」

「最近、咎人であることを自覚したとは思えないほどだ。目を見張るものがある」

神無の代わりに、東雲が答えた。

「へぇ。ジャンヌに太鼓判を押されるとは。僕としても誇らしいよ」

「それで、御影君は評価を聞くために飼い犬の様子を見に来たわけ？」

神無の皮肉めいた言葉に対して、御影は穏やかに微笑む。

「それもあるけど、昼食の用意が出来たのを報《しら》せようと思って」

「ほう、昼飯か」

反応したのは、東雲だった。

「ジャンヌも食べて行くかい？」

「いいのか？」

「みんなで分けられるように、カレーにしてみたからね」

「米か！」

東雲は目を輝かせた。

「トッピングや量のお好みはあるかな」

「不躾《ぶしつけ》な願いで申し訳ないが、大盛りで頼む」

東雲は、迷わずにそう答えた。

「了解。神無君は？」

神無はややあって、「チーズか温玉」と答えた。

「両方載せようか？」

「両方載せたら、見た目がゴテゴテにならない？」

「多い方がいいだろう？」と東雲はすかさず口を挟む。

「いや、見た目大事じゃん。ＳＮＳに上げるわけじゃないけどさ。見た目が良くないとサガるっていうか」

「デコレーションにこだわりたい気持ちは分かるけどね」

御影は、神無に頷く。

結局、神無は「チーズで」と答えた。

「二人とも、先に禊《みそ》ぎを済ませるといい。レディファーストということで、ジャンヌから」

「ああ、すまない」

「ボディソープは自由に使っていいよ。フローラルなのがお好みなら、棚の上から二段目に入っているし、柑橘系《かんきつけい》がお好みなら、一番上の段に神無君のものがあるから」

「ちょ、勝手に……！」

神無は、御影の案内にぎょっとする。

「っていうか、女の子は男のボディソープなんて、使うのイヤでしょ」

「いや」

東雲は真顔で否定した。しかし、その言葉には続きがあった。

「石鹼《せっけん》で充分だ」

「えっ」

今度は、御影が目を丸くする番だった。東雲は、真顔のまま御影に言った。

「石鹸があったら借りたい」

「あ、うん……。それなら、一番下の棚に買い置きのがあるから……一つあげる」

「そうか。すまないな」

御影は東雲にバスルームの位置を教えると、東雲は「お気遣い、痛み入る」と素直に従い、先に屋敷へと向かった。

御影はその背中を見送ると、神無に手を差し伸べる。

「立てるかい？」

「立てる」

神無は御影の手にすがることなく立ち上がった。

「ジャンヌにたっぷりと扱《しご》かれたようだね。彼女とは馬力も違うし、体力が尽きるまでやる必要はなかったんじゃないかい？」

「途中でギブアップしたくなかったし」

「負けず嫌いなところ、嫌いじゃないよ」

御影は、汗で頬《ほお》に張り付いた神無の髪を、そっと除《よ》けてやった。

「……君に、多くの女性が惑わされた理由、少し分かるな。どんな姿でも、艶《なま》めかしく見えてしまう」

「ハッ、こっちはクタクタで、その気になられても何も出来ないけどね」

神無は鼻で嗤《わら》うと、軽口を叩く。軽口が飛び出るほどの元気があることを確認したかったのか、御影は「ふふふっ」と悪戯《いたずら》っぽい微笑を返した。

「それに、東雲ちゃんは何とも思ってなかったみたいだけど」

「ジャンヌは、三大欲求がほとんど食欲に偏っているのではないかと思っているよ」

「あの体力、どれだけ食べて維持してるんだろうな……」

神無は、すかさずに大盛りを選択した東雲を思い出す。

「でも、そのお陰で、久々に女の子とフツーに話せてるけどね」

「それは良かった」

御影は心底そう思っているようで、笑みを湛えたまま頷いた。

咎人の世界に踏み込む前は、神無に寄って来る異性も同性も、彼を汚らわしい目で見ている者ばかりであった。それがゆえに、神無の心もまた穢《けが》れに包まれるようになり、堕落した日々を過ごしていた。

「変なの。咎人の世界に踏み込んだっていうのに、こっちの方が人間らしい生活をしてる気がする」

なんでだろうね、という神無の問いに、御影は同情するように寂しげな笑みを浮かべた。

「君が、自らと向き合えたからかもしれないね。今までは、そんな余裕もなかったようだし」

「そもそも、そんな発想もなかったからね。御影君のお陰で、心に余裕が持てるようになったのかもしれないな」

「僕の?」

御影は、目を丸くしていた。神無もまた、同じような顔をする。

「いや、それ以外なくない?」

「僕が君にとってどうかは、君じゃないと分からないから……」

「まあ、そうだけど」

もっと自覚してくれてもいいのに。

そんな一言は、照れくさくて口に出来なかった。神無にとって、御影は無くてはならない存在であった。

「お腹空《なかす》いた」

神無は感謝の言葉を述べる代わりに、足早に屋敷へと向かう。

「ジャンヌと君が禊ぎを終えるまでは、昼食はお預けだけどね」

御影もまた、神無に足並みを揃えるように歩き出す。

二人の歩幅は自然と揃い、肩を並べて屋敷へと戻ったのであった。


神無には、不安があった。

この先、自分はどうなるのだろうか。いや、むしろ、自分はどうしたいのだろうか。

御影と共に過ごしながら、自分なりに贖罪《しょくざい》をする。そう心に決めたものの、目標はあまりにも漠然としていて、半年や一年先も予想がつかなかった。

胸の辺りがざわざわする。そして、ベッドが軋む音も。

「えっ……」

人の気配を感じた神無は、目を覚ます。

深夜の自室のベッドの上で、神無は己に覆い被さる御影の姿を見た。

「……御影君、知ってる？　これ、夜這《よば》いっていうんだけど……」

辛うじて出て来たのは、呆れたような声だった。

神無が目を覚ましたのに気付いた御影は、常夜灯がぼんやりと照らす薄暗い部屋で、いつもの笑みを湛えてみせる。

「真夜中にお腹が空いた時、ついつい冷蔵庫を覗いてしまうことはないかい？」

「あるあるなんだけど、俺をつまみ食いするのはやめてね」

欲しいのは血か、と神無は納得した。御影がベッドの上から降りたタイミングで、上体を起こす。

「行儀が悪いことをしてすまなかったね」

「目が覚めた時に歯形がついていたら軽くホラーだから、欲しい時には叩き起こして。マジで」

神無は頭を振りながら、深い溜息を吐いた。

「完全に目が覚めた……」

「ココアでも淹《い》れようか？」

「君のせいだからね!?」

神無は文句を言いながらも、ベッドの端に座る御影に向かって首筋を差し出そうとする。だが、服に手をかけようとするのを、御影はそっと制した。

「少しでいいんだ」

「じゃあ、このまま少しだけ飲みなよ」

「ううん。首筋だと飲み過ぎてしまいそうだから」

御影は神無の手を取ると、やんわりと開かせる。そして、その親指の先を、優しく撫でた。

御影のひんやりとした指の感触に、神無の身体は思わず強張る。

「今日は、こっちがいい。構わないかい？」

「べ、別にいいけど……」

常夜灯の僅かな明かりが、御影の姿を妖しく浮かび上がらせる。彼の血のような色をした左目から放たれる蠱惑的《こわくてき》な眼差《まなざ》しに、神無は自然と胸が高鳴るのを感じた。

神無はその動悸《どうき》の正体を知っている。それは、夜の支配者のごとき存在の、御影への畏怖だ。

神無の親指を、御影の指先が慈しむように撫でる。それと同時に、御影の開かれた口からは、鋭利な犬歯が顔を覗かせた。

普段の彼は、その獣じみた犬歯を見せぬようにしてか、滅多《めった》に口を大きく開かない。

そして、神無の首筋から血を吸う時も、死角になるのであまり目にすることは出来ない。

改めて御影の牙を目にして、神無は思った。

これは、吸血鬼なんていう生易しいものではない。捕食者の牙だと。

実際、彼が欲しているのは血液だけではなく、血肉だった。御影の咎人としての業は、他人を貪らなくてはいけないという呪いとなって、彼を蝕《むしば》んでいた。

そして、神無も例外ではなく、その対象になっていた。

御影がひとたび理性を失えば、そばにいる神無の肉を食いちぎる可能性だってある。

(それでも、俺は……)

御影の犬歯が、神無の親指に触れた瞬間、神無は思わず息を呑む。

御影は躊躇《ためら》うことなく、神無の親指に牙を沈めて行った。神無は、肉に異物が食い込む感触と激痛に見舞われるが、声を漏らさぬようにと必死に耐えた。

御影の左頬に、聖痕が浮かび上がる。それは赤い月のように妖しく輝き、神無のことを魅了した。

牙はすぐに抜かれ、真っ赤な鮮血が指先に滲《にじ》む。御影はそれを満足そうに見つめると、そっと唇を重ねて啄《ついば》むように飲み始めた。

御影の表情は徐々に恍惚《こうこつ》とし、神無はその様子から目が離せなくなった。元々、人間離れした容姿の彼だったが、その妖艶さに拍車がかかり、夜に棲《す》まう妖魔にでも惑わされている気分になった。

「甘くて……美味《おい》しいね」

囁《ささや》く御影の吐息が、傷口をくすぐる。あまりにもむず痒《がゆ》い感触で、神無は思わず顔をそむけた。

「……おぞましいでしょう？」

御影の問いかけに、神無は現実に引き戻される。

目の前にいる彼は、いつの間にか指先から顔を離し、唇をわずかに血で染めながら自己嫌悪にまみれた苦笑を湛えていた。

「君から血を分けて貰う度に、思うんだ。血肉を啜《すす》られる感触って、どんなものだろうって。君からしてみれば、ぞっとするようなことなんじゃないかって」

神無の怖《おそ》れを見抜くように、御影は尋ねる。「そんなこと……」と神無は口にするものの、その抗議の声は弱々しいものだった。

「嫌になったら、いつでも言って。僕にとって、君は大切な人だからね。君の意思は尊重したいんだ」

御影は、血が固まりつつある親指を労《いた》わるように撫でた。神無は目をそらすようにして、こう答える。

「嫌なら、とっくに逃げてるし」

「どうだろう。君は自分で思っているより、義理堅い子だと思うけど」

「……義理を通すのも、俺の意思だから。少なくとも、ここに来てからは自由にさせて貰ってるよ」

「その言葉、信じてるよ」

御影は、両手で神無の手をそっと包み込む。

祈るような仕草だな、と神無は思った。

（祈られるような見た目のくせに……）

穢れなき白い髪、陶器のような肌、そして、無垢《むく》な、血のように赤い瞳。時に神聖でいて、時に妖艶な御影だが、その心は思った以上に繊細なのかもしれない。

神無がそっと髪に触れると、御影はくすぐったそうに目を細めた。彼の髪は、絹糸のように指先を撫で返す。

「ふふっ、ご馳走《ちそう》さま。いい夜食だったよ」

「それは何より」

神無は手を離すと、おどけるように応じた。

「さて。いつまでもこうしていると、もっと欲しくなってしまうからね。傷口、塞いでおかないと」

神無の傷口を眺めながら、御影はポケットを探り始めた。

「もう少しくらい、飲んでも構わないけど」

「夜食を食べ過ぎると、お腹いっぱいになって寝られなくなるでしょう？」

「ははっ、確かに」

神無につられて「ふふっ」と笑いながら、御影は神無の傷口に絆創膏《ばんそうこう》をぺたりと貼った。

「これでよし、と」

「流石に準備がいいね……って、待って。なに、この模様」

神無の親指に貼られた絆創膏には、ファンシーなネコのキャラクターが描かれていた。御影は、得意げな顔をする。

「可愛いでしょう？」

「可愛いけど、俺に貼らなくても良くない？」

「神無君も可愛いし、似合ってるよ」

「……最っっ悪の褒め言葉だね、それ」

悪びれもしない御影に、神無は露骨に顔をしかめた。

「君に拒絶されない限りは、今後も君から血を貰うわけだしね。絆創膏は常に携帯しておかないと」

「待って。他の絆創膏もこんな感じなわけ？」

「そうだけど？」

あっけらかんとしている御影を前に、神無は頭を抱えた。

御影はポケットを探り、次から次へとファンシーな絆創膏を取り出す。神無は自分のベッドの上に広げられる女児向けとしか思えない絆創膏を眺めながら、御影をどう追い返したらいいものかと頭を悩ませたのであった。


その頃、ビル街の一角に、パトカーが停《と》まっていた。

街の死角になるような路地裏で、高いビルに囲まれた牢獄《ろうごく》のようでもあった。

鑑識官達が慎重に探る現場には、女性の遺体が仰向《あおむ》けになっている。

「それにしても、酷《ひど》いもんだ」

年配の刑事は、痛ましい表情で女性の遺体を見下ろす。下腹部が切り裂かれ、無残な姿になっていた。殺されてから一日経っているだろうと鑑識は言った。

それを、一緒にいる若手の刑事は凝視している。

「お腹を切り裂いて、何かを探した痕跡って感じですね。うわー、痛そう……」

「秋山《あきやま》。あんまりガン見するんじゃない。鑑識の邪魔だろうが」

年配の刑事は、秋山と呼ばれた刑事の首根っこを掴む。現場から引きはがされながらも、秋山は目を確信に輝かせながら言った。

「東原《ひがしはら》さん、これって、アレですか。やっぱりアレですよね！」

「ああ？」

東原と呼ばれた年配の刑事は、面倒くさそうに疑問符を浮かべる。

「ズバリ、『令和の切り裂きジャック』！　被害者は主に女性で、腹部を切り裂かれて何かを探した跡があるって、これはもう確定じゃないですか⁉」

「確かに手口は似ているが、断定するのはやめておけ。それに、被害者の雰囲気も違うんじゃないか？」

東原は、仰向けになっている女性を見つめる。

「今までの被害者は悪い遊びをしていそうな女性が多かったっていうか――、素行を調べたら前科持ちの人間が多かったからな。だが、今回は……」

被害者の女性は、ブロンドの美しい髪であったが、染色した様子はなく、目鼻立ちがくっきりしているのもあって、生まれ持ったものだということが窺《うかが》い知れた。服装も派手というよりは、品性を感じられるものだった。

「いや、分かんないっすよ。実はヤバい前科を持ってる人かもしれないですし」

「……お前、仏さんの前でなんつーことを。祟《たた》られても知らないぞ」

「えっ、おばけがいるんすか!?」

秋山の態度は一変し、青ざめた顔で辺りをきょろきょろと見回す。そんな様子に、東原は頭を抱えた。

「どっちにしても、ウチのシマでこんな事件を起こすとはな。『令和の切り裂きジャック』だろうが何だろうが、必ず捕まえて――」

「その必要はありません」

東原の決意を遮るかのように、第三者の声が聞こえる。

いつの間にか、現場にはパトランプをつけた緊急車両が増えていた。そのヘッドライトを背中に浴びながら、長身の男がやって来る。

「本件は、異能課が引き受けます」

「なっ、あんたは……！」

現れたのは、眼鏡をかけた若い男性だった。すらりと伸びた背筋と、セミオーダーと思《おぼ》しき皺《しわ》ひとつないスーツが描くシルエットは計算されたように美しく、彼の理知的な雰囲気を完璧なまでに作り上げていた。

「異能課の高峰辰巳《たかみねたつみ》。上は、本件を私の管轄として認めました。急なことなので、もしかしたら、通達が遅れているのかもしれませんね。後ほど、ご確認下さい」

高峰は、東原に向かってさらりと言った。唖然《あぜん》とする東原に、秋山は不思議そうな顔で尋ねる。

「異能課って、なんです？」

「おま……っ！　だいぶ前に、うちの部署にも話があっただろうが！」

怒りのあまり目をひん剝く東原に対して、秋山は首を傾げるだけだった。東原は、深い深い溜息を吐く。

「主に、異能使いが起こす事件を担当するところだよ。異能使いや異能に詳しい人材で構成されてる特殊な部署だ」

主に、正攻法では通じない事件を解決するための部署である。しかし、異能が何たるか詳細は教えられておらず、異能課と上だけの秘密となっていた。

東原は、何処となく腫れものを見るような目つきで高峰を見やる。だが、秋山は目を輝かせた。

「それじゃあ、高峰さんは異能使いなんすね！　どんな異能を使うんすか!?」

「おい、こら！」

高峰に喰いつく秋山を、東原が制止する。だが、高峰は「構いません」と澄まし顔で、全く意に介していない様子だった。

「因みに、一つお願いしたいことが」

「な、何か……？」

東原は、高峰に対して警戒の色を強める。

「我々の部署は常に人手不足。猫の手も借りたい状況なので、一課から人材をお借りしたいと思いまして」

「そ、それなら自分が……。経験も積んでいるので、多少は役に立てるかと」

東原は、気が進まないながらも申し出る。しかし、高峰は首を横に振った。

「ベテランの経験は、時として捜査の妨げになります。何せ、相手は常識では量れない異能使いですからね。適任者は――」

高峰と秋山の視線が交差する。刹那、高峰はぬっと長い腕を伸ばし、大きな手で秋山の頭を鷲掴《わしづか》みにした。

「君だ。先入観は少ない方がいい。ついでに、体力と打たれ強さはあった方がいいからな」

「体力と打たれ強さと勢いなら任せて下さい！」

頭を引っ摑まれながらも、秋山はぐっと拳を固めた。

「いい返事だ。君は使い易そうでいいな」

高峰は、ここで初めて表情らしい表情を見せる。それは、冷笑だった。

しかし、そんな高峰に対して、「やった、褒められた！」と秋山は諸手《もろて》をあげる。

「……お前、馬鹿にされてるんだぞ」と東原は顔を覆った。

高峰は、頭を鷲摑みにしていた秋山を、さっさと後方に避《よ》けると、被害者の元へと歩み寄る。

彼は被害者に黙禱《もくとう》をささげ、鑑識の邪魔にならぬように被害者を観察した。

「酷い有様だな……。さぞかし無念だっただろう。君の無念は、必ず晴らす」

「やっぱり、『令和の切り裂きジャック』っすかね」

秋山が後ろから声を掛けると、「手口は似ているが、断定は出来ない」と高峰はきっぱりと言った。

「だが、事の真偽は、切り裂きジャック本人を尋問すればいい」

「切り裂きジャックを……？」と秋山が目を丸くする。話を聞いていた東原もまた、頭を振った。

「この件の犯人を逮捕して切り裂きジャックかどうか聞くんじゃなくて、切り裂きジャックを尋問してこの事件と関係があるか聞くってことですかね。だが、切り裂きジャックが誰なのか――」

「目星はついています」

「なっ……！」

東原が言葉を失う中、高峰は被害者の元を離れ、自分の車へと向かう。秋山は迷った末に、「行ってきます！」と東原に声をかけ、高峰の後をひょこひょことついて行った。

「私の最大の任務は、『令和の切り裂きジャック』事件を解決すること。この件は、その足掛かりになるというのが上の判断だ」

高峰は、秋山に聞かせるように、そして、自分に言い聞かせるように呟《つぶや》く。

彼の警察手帳には、一枚の写真が挟まっていた。

そこに写っていたのは、赤髪の青年――篠崎神威《しのざきかむい》こと、神無の姿であった。

その翌日、神無は欠伸《あくび》を嚙《か》み殺《ころ》しながら池袋の街中を歩いていた。

御影が部屋にやって来てから、ほとんど眠れなかったのだ。

「眠……。今日は鍵をかけておかないと」

また安眠を妨害されては敵《かな》わない。

自室は内側から鍵を掛けられるようになっていたし、施錠を怠らないようにしよう。

「いや、待てよ。外にも鍵穴があったような……」

ヤマトが、鍵を持っている可能性が頭を過《よぎ》る。主人に忠実なヤマトが持っているのならば、御影が持っているも同然だ。

ふと、万屋を思い出した。防犯グッズでも探してみようか。誰かが部屋に侵入したら、ブザーが鳴るようなものを。

「行くか。鉈捜し以外にも、俺だけでもこなせるような依頼も探したいし」

神無は、万屋がある通りに足を向ける。

実は、元々借りていた賃貸を引き払う前に、部屋を片付けようと思って外に出たのだが、後回しでもいい。

御影と行動することは嫌いではなかったが、神無は早く自立したいと思っていた。

何なら、御影の助けになりたかった。今のままでは、万屋が言ったとおり、御影の付き人に過ぎないから。

万屋が店を構えているのは大通りの近くであったが、店までの道のりに幾つか人気《ひとけ》が少ない通りがあった。パチンコ店のダクトから排出される煙草《たばこ》の臭いや、下水からと思しき硫黄の臭いが漂う道を往きながら、神無は万屋へと向かった。

かつてはならず者が集まる街の一つとして有名だった池袋も、再開発のお陰でかなり治安がよくなった。日陰者のたまり場になっていた薄暗い公園も、今ではファミリーとカップルが行き交う明るい公園になっている。

それでも、陽《ひ》の光が行き届かないところはまだあったし、神無は敢《あ》えて薄暗い道を歩いていた。和気藹々《わきあいあい》とした雰囲気の場所は、自分には眩《まぶ》し過ぎるから。

同じように薄暗い道を往く者達も、似たような心境なのだろうか。

そんな感傷的な気分になった神無の耳に、男女の声が聞こえた。声色からして痴話喧嘩《げんか》かと思ったが、そうではないらしい。女が一人、男は三人だった。

「……男が複数で何やってんだよ。アホくさ」

神無は毒づいたかと思うと、声がする方へと足を向ける。

背の高いビルが辺りを囲み、陽の光は届かなくなって、代わりに影が濃くなる。都会の喧騒から置き去りにされたような路地裏に、彼らはいた。

「だから、いいバイトを紹介してやるって言ってるだろ。あんたなら軽く稼げるって」

「こ、困ります。あんなの、最初の説明と違うじゃないですか」

路地裏の突き当たりで、大学生くらいの若い女性が男達に囲まれていた。

男達は皆、一見すると清潔感のある好青年だ。表の通りを彼女連れで歩いていてもおかしくない。

しかし、神無は知っていた。彼らはキャッチだ。

駅前の雑踏に紛れ、上京して来た世間知らずの女性に近づき、言葉巧みに勧誘して、違法な接客業をやらせる連中だ。押しが弱そうな女性に音もなく歩み寄り、十年来の友人のような顔をして話し掛ける姿は、駅前で日常的に見かける。

大抵は無視されるのだが、中には騙《だま》されてついて行く女性もいるかもしれないし、今目の前で揉《も》めている女性も、その類《たぐい》かもしれなかった。女性はボストンバッグを抱えているので、上京したばかりなのかもしれない。

「稼げる接客業って言ったら、それしかないでしょ。大丈夫、お客さんとお酒を飲むだけだから」

男の一人は、爽やかな笑顔で女性にじりじりと近寄る。その笑顔の中に、どす黒い汚らわしさを隠しながら。

「ひ、人を呼びますよ……！」

女性の一言に、男達は顔を見合わせて笑った。

「どーぞ。こんなところまで誰か来ると思ってんの？」ともう一人の男が言う。

「逃げるなら、もっと人通りの多いところに逃げれば良かったのにな。よりによって、こんな人通りのないところ、悲鳴をあげたって誰も来ないぜ」と三人目の男が嘲る。

「そうだね。三人分の悲鳴も、誰も聞きつけないかな」

新たな声に、男達はぎょっとする。その瞬間、一人目の男の後頭部に、痛烈な蹴りが打ち込まれた。

「ぎょええっ！」

男は間抜けな悲鳴をあげながら、地面を転がった。あとの二人は、身構えながら振り返る。

彼らの双眸《そうぼう》が映したのは、男を蹴飛ばしたばかりの神無の姿だった。

「な、なんだ、お前！」

「さあね」

二人目の男の問いに、神無は肩を竦めてみせる。

「ふざけやがって！」と三人目の男が折り畳みナイフを取り出した。切っ先が震えている様子を見て、それがただの牽制《けんせい》だと神無は素早く見抜いた。

「下手くそ。ナイフはそう使うんじゃねーよ」

神無は男の手から巧みにナイフをもぎ取ると、手の中でくるくると弄ぶ。そして、呆気《あっけ》に取られている隙をつき、ナイフの一閃《いっせん》を繰り出した。

「なっ……！」

冷ややかな風が男の目の前を掠《かす》める。それと同時に、男のシャツのボタンが弾《はじ》け飛んだ。

「ぎゃー！　な、何しやがる」

男は日の下に晒された肌を隠しながら、悲鳴をあげる。

「セクシーでいいんじゃない？　次は皮を剝《は》いであげようか？」

神無が刃を向けると、男は青ざめた顔をして後ずさりをした。

だが、三人目の男が神無の背後からじりじりと近づいている。男は、神無を押さえつけんと飛び掛かった。

「いや、気配丸わかりだし」

神無は、ひらりとそれをかわす。飛び掛かった男は勢いあまり、「うひーっ」と悲鳴をあげながら、肌を晒した男を巻き込んで地面に倒れ込んだ。

三人の男は、あっという間に地に伏せていた。そんな男達を見下ろしながら、神無は問う。

「どーすんの。人を呼ぶ？　それとも、もっとヤる？」

「ひっ……」

男達は、ナイフを手にした神無を見て短い悲鳴をあげる。「あとで絶対に殺してやる！」と叫びながら、男達は脚をもつれさせながら逃げて行った。

後に残されたのは、女性と神無と、アスファルトの上に落ちたシャツのボタンだけだった。

「あ、あの……」

女性は、清楚《せいそ》な美人だった。真《ま》っ直《す》ぐな黒髪に、ワンポイントのバレッタを添えているくらいの、飾り気のない女性だった。しかし、黒目がちな双眸と、桜の花びらのような唇が愛らしかった。ロングスカートから覗く足首は、折れてしまいそうなほど華奢《きゃしゃ》だった。

神無は、女性が無事なのを確認すると、踵《きびす》を返す。

「ま、待ってください」

「なに」

神無は、振り返らずに問う。

「どうして、助けてくれたんですか？」

「別に。喧嘩をしたかっただけだし」

ひらひらと手を振ると、神無はその場から離れる。「悪い狼に捕まる前に帰りなよ」と言い添えながら。

悪い狼という言葉に、神無は自嘲の笑みを浮かべた。そこには、自分も含まれていたからだ。彼女を毒牙に掛けるつもりは毛頭なかったが、自分にあの男達を非難する資格はないと思っていた。

そのまま万屋へと向かおうとする神無であったが、ふと、足を止める。

「何でついて来るの」

神無が立ち止まると、すぐ後ろについて来た足音も止まった。

振り返らなくても、足音と気配で分かる。先ほどの女性だ。

「……行く当てがなくて」

「だからって、俺の後をついて来ることなくない？」

「あなたは、私を助けてくれたから……」

「助けたわけじゃないし」

神無はわざと素っ気無く言いながらも、近くにあったショーウィンドウに映った女性を見やる。よく見ると、彼女の腕には、痣《あざ》があった。ついさっきついたような生々しさはなく、少し時間が経過したものだろう。

女性は神無の視線に気づいたのか、痣を手で隠す。

「それ、どうしたの」

「……その、痴話喧嘩みたいなもので」

女性は気まずそうに答える。

DV彼氏だろうかと、神無は当たりをつけた。その彼氏と同棲《どうせい》していて、別れたから行き場所がないということだろうか。それで彷徨《さまよ》っているところで、いかがわしい商売の斡旋業者に目をつけられたのだろう。彼女をそのままにしておけば、同じことが起こるかもしれない。

神無は深々と溜息を吐く。

「お金は？　どっかに泊まる資金はないの？」

「……」

女性は黙り込んでしまった。無いのか、事情があって無理なようだ。

（勘弁してよ）

神無は天を仰いだかと思うと、女性の方へと向き直る。神無が急に振り向いたので、女性は目を丸くしていた。その幼い表情が、妙に愛らしかった。

「これ」

神無は女性に向けて、緩く弧を描くように何かを放る。女性は、慌てながらもそれを受け取った。

「これって、鍵……？」

「うちの鍵。引き払うところだから、何もないけど」

「えっ、でも……」

女性は、戸惑うように神無と鍵を見比べる。

「俺は今、新居にいるから。だから、行く先が見つかるまで使っていいよ。ただし、引き渡し日までになるけど」

「い、いいんですか？」

「駄目なら渡さないし」

「そ、そうですね。ごめんなさい……」

しおらしく目を伏せる女性に、神無は「謝らなくていいし」と苦笑した。

「俺のことは、まあ、神無とでも呼んで」

神無は簡単に自己紹介すると、自宅があるマンションへと足を向ける。女性は、先ほどとは打って変わった軽い足取りで、その後に続く。

「あの、私、纏《まとい》っていいます」

「纏ちゃん？　可愛い名前だね」

「えっと、纏は苗字《みようじ》で、名前は由良《ゆら》。纏由良です」

纏は神無に追いつくと、弾けんばかりの笑みを浮かべる。神無も、思わずつられて微笑んだ。

「そっか。まあ、初対面の女の子を名前で呼ぶのもアレだし、纏ちゃんって呼ばせて貰うよ」

「はいっ！」

纏は嬉しそうに頷いた。

神無は、彼女との距離が一気に縮まったのを感じる。

しかし、彼女は神無の半歩後ろをついてくるだけで、それ以上距離を詰めなかった。今まで神無に接してきた女性とは違ったその距離感に、神無は少なからず安堵《あんど》していたのであった。

2

Criminal Stigmata

切り裂きジャックとヴィルヘルム・テルの激突

池袋の片隅に、そのデザイナーズマンションはあった。

横文字の建物名と、洒落《しゃれ》たモダンなエントランスが、神無《かんな》と纏《まとい》を迎える。

しかし、エントランスの照明は薄暗く、郵便受けの傍《そば》には、他の住民が不要と思って捨てたであろうチラシが無造作に落ちている。管理人室もあるにはあるが、無人で真っ暗だった。

「管理人さん、今日はいないんですか？」

オートロックの入り口を神無と通りつつ、纏は問う。

「管理人は常にいないよ」と神無は答えた。

「でも、管理人室はあるのに」

「あっても機能してないの。清掃員の物置になってんだ。トラブルがあったら、わざわざ管理会社に電話しなきゃいけないわけ」

新宿の端っこにあるんだけど、と神無は顔をしかめさせながら言った。

「池袋から新宿だと、山手線の駅で四つくらいかな」

「あっ。距離感は分かります。私、この辺りの大学に通っているので」

「へぇ、そうなんだ」

神無はエレベーターを呼びつつ、意外そうな声をあげる。

「じゃあ、ああいうキャッチも見慣れたものだったんじゃない？」

「それは……」

纏はうつむく。

「ちょっと色々あって、困っていて……。何処かに身を寄せられればと思っていたので……」

「ああ、成程ね」

エレベーターが来ると、神無は纏を促す。纏は、素直に従った。

「あと、強引にされると断れないタイプで……」

「それは良くないんじゃない？」

神無はエレベーターのパネルを操作すると、肩を竦めた。

「纏ちゃんみたいな美人、強引に迫ってどうにかしたい奴、沢山いるだろうし」

「そうでしょうか……」

纏は、自信なげに相槌を打った。

そうしているうちに、神無が指定したフロアに着く。神無は纏と共に、廊下の奥にある自分の部屋へと向かった。

廊下には誰もいなかったが、扉越しに話し声は聞こえた。隣家からは、煙草の臭いが漂っている。

「クソッ、また吸ってやがる」と神無は毒づいた。纏も煙草が苦手なのか、上着の袖で口を覆っていた。

「悪いね。このマンション、隣家の煙草の臭いがうちに入って来て大変なんだ」

「神無さんは、煙草を吸わないんですか？」

「吸わないよ。あんなの、口臭が激ヤバになるじゃん。おしゃぶりみたいに咥《くわ》えて、何が楽しいんだか。あいつら、バブちゃんかよ」

神無はうんざりした様子でスペアキーを使って鍵を開けると、纏を中へと案内する。

そこにあったのは、がらんとしたワンルームの部屋だった。

ベッドとソファと本棚は残っているものの、テレビやゲーム機、服飾関係はなくなっていた。

「わぁ……」

「なんもない――っていうのは大袈裟《おおげさ》かもしれないけど、殺風景で悪いね」

「いえ、そんなこと……。寧ろ、この家具はいいんですか？」

纏は、ソファやベッドを見やる。

「新居にあるからいい。引き払う前に、業者に頼んでまとめて処分しようと思ってたんだ」

「買い直した、という感じでしょうか？」

「まあ、そんな感じ」

神無はサラリと頷く。

本当の理由は、全て御影の屋敷にあったからなのだが、説明すると複雑な事情が絡んで来るので割愛することにした。

「男の人のお部屋に入ったの、初めてです……」

「別に、面白いものでもないでしょ」

部屋の様子をまじまじと見る纏に、神無は苦笑する。今まで部屋に招いた女性は、皆、慣れた様子だったので、新鮮だと思っていた。

「なんか、思ったより片付いてますね」

「余計なものがないからじゃない？」

「漫画も、ちゃんと順番が揃ってますし……」

「揃えないと見た目が悪いでしょ」

神無は、纏をもてなせるものが無いかと冷蔵庫や戸棚を探る。しかし、飲みそびれていたアルコール飲料しか見つからなかったので、見なかったことにした。辛うじて残っていたものは、御影《みかげ》をもてなす時に消費してしまっていた。

「男の人って、楽器とかプラモとかフィギュアとかをコレクションしているイメージだったんですけど……」

纏は、部屋を見回しながら首を傾げる。

「そういう愛着があるコレクションなら、新居に持って行ってるでしょ」

「あ、それもそうですね！」

「コレクションっていうわけじゃないけど、アクセサリーや服は多かったかな。っていうか、収入の大半はそれと飲みに使ってたし」

「なるほど。神無さんはオシャレ好きなんですね」

「そーいうこと」

納得する纏に、神無もまた頷き返した。

「その髪も、オシャレで染めたんですか？」

「まあ……、そんなところ」

　神無は、髪を真っ赤に染めた経緯を思い出す。

　染めたのは、親と決別するために実家を出た時だ。染髪は強い反抗のしるしであり、赤は周囲への威嚇のためだった。今まで、一方的に搾取されて来た神無は、常に牙を剝き出しにすることで自分を狙う者達を遠ざけようとしていた。

　だが、目立つことで別のものを寄せ付けてしまうことになったが。

「その髪の色、似合ってますよ。カッコイイですし、神無さん、モテそうですよね」

「……いや、そうでもないかな」

　神無は、咄嗟にそう返してしまった。纏は、意外そうな顔をする。

「あっ、いや、なんつーか、表面上の繋がりを求めて来る人間ばっかりだったなと思って」

　神無は、出来るだけ軽い口調で続けた。

　纏は、些《いささ》か同情的な目で、遠慮がちに問う。

「それって、見た目だけで選ぶ人達ばかりってことですか……？」

「ま、そういうこと」

　神無は肩を竦める。

「外見を飾るのもさ、モテたくてやってたんじゃないんだよね。自分が楽しいからめかし込んでるっていうのにさ」

それが、神無の本音だった。それを聞いた纏は、目を丸くする。

呆れられたかな、と思う神無であったが、彼女の表情はすぐに笑顔になった。

「ふふっ。女の人がよく言ってること、神無さんみたいな人の口から聞けるなんて」

女性が化粧をしたり、ミニスカートを穿《は》いたりするのは、男性に見て欲しいからではなくて、単にやりたいことをしているだけだと主張する女性達がいる。自分もそのうちの一人だと、纏は言った。

それを聞いた神無は、「そこに男女は関係ないでしょ」と返した。

「オシャレ好き男子もそうだって。そりゃあ、モテたいからやってるのもいるだろうけどさ。単純にそれが好きでやってる奴も多いと思うんだよね」

「確かにそうですね。神無さんって、不思議な人だなぁ」

「どうして？」

「こんな話、男の人としたのは初めてです」

纏は、心底楽しそうに微笑んでいた。神無もまた、異性とこんな風に打ち解けたのは初めてだった。

（咎人《トガビト》になってからは、初めてのことばかりだな……）

男女の概念があるのかないのかよく分からない東雲《しののめ》のみならず、女性然とした纏とも普通に話せるなんて。

だが、神無は自分を信じ切れなかった。胸の中に芽生えた穏やかな感情を振り切り、纏の方へと向き直る。

「さて、俺はそろそろ行くよ。この家、しばらくは勝手に使っててていいから。電気や水道はまだ通ってるし」

その代わり、備蓄は無いに等しいから何処かで買ってね、と纏に言った。

「行く場所が見つかったら、鍵は郵便受けの中にでも入れておいて。上の方に、テープで貼ってさ」

「その、本当にいいんですか？　私、何も返せないのに……」

纏は、申し訳なさそうな顔をする。「別にいいって」と神無は肩を竦めた。

「これも何かの縁だし。あと、合鍵も渡しておこうか」

「いいえ、そういうわけには……！」

「俺が持ってたら気が休まらないでしょ。この部屋、チェーンが貧弱だし」

「でも、私は神無さんのことを信じてます。神無さんは絶対に、悪い人じゃないって！」

「ふぅん」

食い下がる纏に、神無がずいっと近づく。長身の神無に気圧《けお》され、纏は思わず後退した。

一歩、また一歩と神無は迫る。纏はわけもわからず後ろに下がるものの、壁に行く手を阻まれてしまった。

「か、神無さん……？」

纏は不安そうに神無を見上げる。神無は、壁に手をついて至近距離まで迫り、纏の顎を持ち上げた。

「えっ……、あっ……」

神無は無言で纏を見つめる。纏は、そんな神無を怯えたように見つめ返した。

そのまま制止すること数秒。

先に動いたのは、神無の方だった。神無は「悪かったね」と纏の顎から手をそっと離し、彼女の手の平にスペアキーを落とした。

「怖かったでしょ。俺たちはこれだけ体格差があるわけ。その上、男は堪《こら》え性《しょう》がないからね。だから、ちゃんと自分を守って」

「神無さん……」

「俺だって、悪い狼の一人なんだから」

首筋が、チリッと痛む。

神無は踵を返すと、真っ直ぐ玄関へと向かった。纏がどんな表情をしているのか、確認すらせずに。

警戒をしてくれただろうか。いっそのこと、蔑んでくれただろうか。

神無は、出来るだけ自分から彼女を遠ざけなくてはいけないと思っていた。

堪え性がない悪い狼だというのは事実だから。堪え性がないどころか、気付いた時には相手を切り裂いているのだから。

纏を、そんな危険に晒すわけにはいかない。もう二度と、過ちを犯さない。

神無は強くそう決意しつつ、纏に背を向けたまま手を振り、部屋を後にしたのであった。


神無が屋敷に戻ると、洗濯物を入れた籠を手にしたヤマトが迎えてくれた。

「神無様、お帰りなさいませ！」

「ん、ただいま」

「どちらに行かれてたので？」

ヤマトは、猫の目を爛々《らんらん》と輝かせて尋ねる。興味津々といった彼に苦笑しつつ、「前のうち」と答えた。

「おや、引き払ったのではないのですか？」

「もうちょっとしたら引き払うところ。部屋を完全に引き払うのは、解約のお願いをしてから一ヵ月後だから」

神無がそう言うと、ヤマトはピンと髭《ひげ》を弾く。

「ふむ……。神無様とお会いしてから、まだ一ヵ月も経《た》っていないのですね。わたくしはもう、何年かの付き合いのように感じておりましたが……」

「流石にそれは言い過ぎじゃない？　まあ、一ヵ月も経っていないのに驚いているのは、俺も同じだけど」

「神無様は、すっかりこの屋敷に馴染《なじ》んでおられるので」

ヤマトは嬉しそうに目を細めた。

「君と御影君が歓迎してくれてるからね。お陰で、居心地は悪くないし」

「それは良かった」

ヤマトは破顔する。神無も、つられて微笑んだ。

「御影様も、毎日が楽しそうです」

「そっか……」

神無の表情が、自然と和らぐ。

家族といた時は、いつも疎まれていた。自分がそんな風に、誰かを楽しませることが出来るなんて、神無は思ってもみなかった。

「御影様、以前はあまりお部屋の外に出ない方だったのですが、最近はよくお姿を見かけるので、わたくしも安心しております」

「へぇ、そうだったんだ」

神無は、あまりそんな印象を抱いていなかった。彼が居間にいると、御影は大抵、顔を見せてくれる。逆に、神無が帰宅したり、自室から出たりした時も、御影は居間にいることが多かった。

「ご趣味がインドアなので、部屋に籠りがちになってしまうのです」

「ああ、ハンドメイド」

御影はよく、居間で縫い物やアクセサリー作りをしている。神無は隣でそれを見やりながら、ゲームに興じつつお喋《しゃべ》りをすることもあった。

御影は器用なもので、神無の私物であるアクセサリーが壊れた時も、さらりと直してくれた。今となっては、何かが壊れた時は棄てるのではなく、先《ま》ず御影のもとへ持って行き、直して貰えないかと相談することにしている。

「あとは、読書ですね。書庫には、今も籠りがちですが……」

ヤマトの言葉に、神無は屋敷の中にある書庫を思い出す。蔵書の多さはまるで図書館のようで、初めて見た時は圧倒されたものだった。

「っていうか、書庫ヤバくない？　あれって、全部御影君の蔵書なんだよね？」

「今も尚《なお》、増え続けております……」

ヤマトは、困ったように耳を伏せる。

「俺の本棚とはわけが違うよね。一体、何処からあんなに本を手に入れてくるやら」

「神保町には、よくお出かけになっているようです」

「ああ……。あそこって、古本屋街があるんだっけか」

神無には、あまり縁がない場所だった。しかし、近いうちに荷物持ちとして連れ出されるだろうな、と思った。

「そういえば、この屋敷って全部見て回ってないんだよね。ヤマト君、今度、屋敷内ツアーしてくれない？」

神無は、淡い光にぼんやりと照らされた廊下を見やる。どういう仕組みになっているのか、廊下の照明は目的地へと通じる道しか照らしてくれない。目的なく徘徊《はいかい》するには、自分で明かりを用意する必要があった。

「神無様に必要と思われる場所は、既に案内しましたので」

自分にそんな暇はないと言わんばかりに、ヤマトは突っぱねる。洗濯物が入った籠を抱え直し、てくてくと廊下の奥へと消えてしまった。

「ちぇ、つれないの」

神無はヤマトを見送ると、自室に戻る前に居間へと向かう。

すると、長ソファには御影が座っていた。何かを刺繡《ししゅう》していたようだが、神無の気配に気づくなり、顔を上げる。

「お帰り、神無君」

「ただいま戻りましたよ、ご主人サマ」

神無は、おどけるように返す。

しかし、内心は御影の顔を見て安堵していた。

ああ、帰って来たのだなと実感する。自分の居場所は、ここなのだと。

「何処に行って来たんだい？」

「ちょっと、池袋まで」

「万屋《よろずや》のところへかな？」

「まあ、そんな感じ……」

神無は、一瞬だけ迷った。御影に、纏のことを相談するか否かである。

（いや、これは俺の問題だ）

無闇に御影を頼ってはいけない。神無は自分にそう言い聞かせる。それに、御影に話してしまったら、纏を咎人の世界に巻き込んでしまいそうだった。

「なにか、収穫はあったかい？」

「いや。途中で引き返した。そういうノリじゃなくなっちゃって」

神無はそう言って、自室へと向かおうとする。しかし、御影は笑顔のままこう引き留めた。

「おいで」と。

有無を言わせぬ威圧感がある笑顔に、神無は思わずたじろぐ。そして、御影に促されるままに、彼の隣に腰を下ろした。

「神無君には申し訳ないんだけど」

「……うん」

「昨夜、君の血を中途半端に貰ってしまったから、どうも牙が疼《うず》いてしまってね。それで改めて、頂きたいんだ」

　御影は、恥じ入るように口元を隠す。それで呼び止めたのか、と神無は内心で胸を撫で下ろした。

「別にいいけど。若くて血が有り余ってるし」

「頼もしいことだね」

　神無の軽口に、御影もくすりと笑った。

「それじゃあ、シャワー浴びてくる」

「待って」

　立ち上がろうとする神無の腕を、御影が掴む。石膏《せっこう》で作られた彫刻のように繊細で細い指先が、万力のように神無を掴んで離さなかった。

「……なに？　外から帰って来たところだし、シャワーくらい浴びさせてよ。いつもみたいに、首筋から吸うんでしょ？」

「僕はそのままでも構わないよ」

「俺が構うんですけど」

　御影の手を振り切ろうとするものの、逆に、神無が引き寄せられる。御影の端整な顔がぶつかってしまいそうなほど間近に迫り、神無の顔を覗き込んだ。

「ねえ、神無君。誰と会ってたの？」

「は……？」

「君のじゃない香水の匂いがする」

御影の左目が、射貫《いぬ》くような鋭さで神無を見つめる。神無は、ぞっと鳥肌が立つのを感じた。

（まさか、纏ちゃんの……？）

神無は、彼女から全くそんな匂いを感じなかった。しかし、御影の嗅覚が神無以上に優れている可能性もある。

「これは……」

神無が口ごもると、御影は「ふぅん」と目を細めて手を離した。

「本当に誰かと会っていたんだね。しかも、香水を使うような相手と」

「カマかけたってわけ……!?」

「君の様子が少しおかしかったからね。何かを隠しているんじゃないかと思って」

御影は、しれっとした顔で答えた。それに対して、神無は引いていた血の気が一気に頭に上るのを感じた。

「信じられない……。俺、そんなに信用無いんだ……」

「そういうわけじゃないよ」

御影は即座に否定した。

「君自身は信用している。けれど君は、君を穢そうとする相手に目をつけられ易いからね。トラブルに巻き込まれていないか心配なんだよ」

「保護者気取りってやつ？」

神無はムッとするものの、込み上げて来た怒りを呑み込んだ。感情を何とか押し殺しながら、静かに反論する。

「心配してくれるのは有り難いんだけど、俺も大人だし、自分のケツくらい自分で拭くから」

「だけど、神無君」

「なに」

御影に問い返した声は、思った以上に刺々《とげとげ》しく、不貞腐《ふてくさ》れた子供のようになっていた。御影は、呆れたように溜息を吐く。

「君が存在を秘匿したがるサラ嬢が、何者なのか知っておきたいんだ。これは、興味本位じゃない。これ以上、君に傷ついて欲しくなくて――」

「また俺に分からない言い回しをして……。いいから、俺の血を飲んだら？」

神無は上着を脱ぎ捨てると、シャツの前を開け、瑞々《みずみず》しい首筋を御影の前に晒す。

御影はその様子を見て、諦めたように深い息を吐いた。

「すまなかったね。君の自尊心を傷つけてしまったようだ。僕も、過保護になり過ぎたのかもしれない」

「別に、謝らなくてもいいし」

神無は御影と向かい合い、苛立《いらだ》ったように吐き捨てた。

この怒りは、御影ではなく自分に向けてだ。過保護とはいえ、自分を気遣ってくれる御影に向けて、こんな態度に出てしまうなんて。

神無は葛藤に歪《ゆが》んだ自分の顔を見られないようにと、御影の背中に手を回す。御影もまた、神無の意図を察してか、それ以上のやりとりをしようとはせずに首筋へと牙を突き立てた。

「いっ……つぅ……」

犬歯が皮膚の中へと食い込む感触に、神無は思わず声を漏らす。しかし、それも一瞬のことのはずだ。いつも、吸血が始まれば痛みが消えて——。

「あっ……くっ……痛っ……！」

神無は悲鳴を押し殺す。

御影が血を啜る感覚と共に、首筋に激痛が走った。弄ぶように肉を食《は》まれ、咀嚼《そしゃく》されているようなおぞましさが全身を支配する。

御影もまた、弾かれたように神無から顔を離す。神無の血で染まった唇は半開きになり、彼は驚愕《きょうがく》した表情で神無を見つめていた。

「……いつもと違う吸い方、した……？」

神無は恐る恐る問う。御影に噛まれた痕が、ズキズキ痛む。全身が気だるく、未《いま》だかつてないほどの倦怠感《けんたいかん》に襲われていた。

御影は、驚いた顔のまま首を横に振った。ハンカチで即座に口元を拭くと、「今日は、やめておこう」とソファから腰を上げる。

「すまなかったね。痛い思いをさせて」

「えっ、いや……」

神無が目を白黒させていると、御影はもう一度、「すまなかった」と言って居間を後にする。ソファの上には、神無だけが残された。

神無は、開けたシャツをそのままに、携帯端末を操作する。検索してみると、『サラ』というのは女性の名前のようだった。

一般的な名前だが、ヒットしたどれもが、御影が喩《たと》えに出すようには思えなかった。

彼是《あれこれ》と検索した結果、聖書を解説するサイトに行き着いた。

「旧約聖書外典、トビト記……」

そこに、サラという女性が登場していた。アスモデウスという悪魔に憑《つ》かれ、結婚相手を殺し続けた悲劇の女性だ。最終的に、サラは天使の機転によって助けられたのだが、アスモデウスという名前には聞き覚えがあった。

「ああ、そういうこと……」

神無はインターネットで調べているうちに、自分との関係性に気づいて苦笑する。

アスモデウスは、七つの大罪のうち、色欲に割り当てられている悪魔だった。そして神無もまた、御影の師であり元保護者の時任総一郎《ときとうそういちろう》に、七つの大罪の色欲の業を背負っていると言われていた。

「分かり難《にく》いっつーの……」

御影は、神無が見ず知らずの女性に対して、アスモデウスにとってのサラのように執心しているとでも思っていたのだろうか。

「そんなんじゃないし……」

否定した神無の声は、弱々しかった。独りの居間で、首筋に刻まれた傷口だけが御影の痕跡を色濃く残していたのであった。

一方、御影は廊下の奥にある自室の前まで来て、自分の唇に神無の血が残っているのに気付いた。親指でぐっと拭うと、固まりつつあったそれを舌先で舐《な》め取る。

「……ちょっと、苦いかな」

御影は自室の扉にもたれかかると、しばらくそのまま、虚空を仰いでいたのであった。

その後、御影と顔を合わせるのが気まずくなった神無は、わざと食事の時間をずらして食堂へと向かった。自室に神無を呼びに来たヤマトには、手が離せない作業をしていると嘘を吐いて。

翌朝、神無が遅れて食堂へと向かうと、御影はいなかった。シャンデリアの明かりと、窓から零《こぼ》れる朝日に照らされた長テーブルには、御影の気配が薄《う》っすらと残っているだけだった。

「はぁ……」

神無は溜息を吐く。廊下から食堂の様子を見に来たヤマトが、「神無様、遅いお越しですね！　今、朝食をご用意しますね！」と厨房《ちゅうぼう》へ走って行った。

また、顔を合わせ損ねてしまった。

御影に血を提供し損ねてから、彼の顔を見ていない。御影から神無に会いに来るかと思ったのだが、その様子もなかった。

「……いつもは強引なくせに」

御影と顔を合わせる切っ掛けが摑めなければ、このまま彼と永遠に会えなくなってしまうのではないだろうか。

ふと、そんな考えが頭を過った。

「それは、嫌だな」

ここは、自分が踏み出さなくては。

一先《ひとま》ず、朝食をとったら気分転換に出掛けよう。前のうちの様子を見に行って、帰ってくる頃には考えがまとまっているはずだ。

きっと、纏も荷物をまとめて部屋からいなくなっていることだろう。誰もいない部屋で、じっくり考え事をするのもいいかもしれない。

ほどなくして、ヤマトが朝食を持って来てくれた。御影が作ってくれたスクランブルエッグは、いつもよりもしょっぱくて、少しだけほろ苦いように感じた。

路地裏から大通りに出ると、池袋駅前の雑踏が神無を迎えた。

ひっきりなしに通過する自動車の中には、大音量で接客の求人を呼びかける宣伝カーもあった。その求人が性的なサービスを伴う内容だということを、神無は知っていた。駅前では、小綺麗な風貌の男達が、さり気なさを装いつつ婦女子に近づいて声を掛けている。彼女らはそんなキャッチの男達を一瞥もせず、携帯端末を操作しながら去って行った。

一つ間違えれば、人並みの人生から踏み外してしまう危うさが、都会にはあった。しかし、そこに住んでいる者達は、一歩先は暗闇だということが日常となっていて、踏み外さないように歩いている。

神無は、自らに降りかかった運命を思い出した。

人の道を外れると、咎人になる。

しかし、ただの人と咎人の間には、明確な違いなんてないのではないだろうか。実際、神無だって、咎人に堕《お》ちたことに気づかずに暮らしていたのだ。

神無の目の前で、信号が赤なのに交差点を渡る男がいた。危険だと警告されても、容易に踏み外してしまう者もいる。そもそも、柵も何もないので、本人の意志さえあれば簡単に踏み外せてしまう。

「何事にも境界なんてないのかもな……」

善と悪。生と死。それらは全て人間が定義したものであり、人間の中にだけ存在する幻想なのかもしれない。

咎人と呼ばれる存在も、御影のように明らかに異質な姿と雰囲気を持ち合わせた者ばかりではなく、もっと日常に溶け込んでいて――。

「また、『令和の切り裂きジャック』だってさ」

通行人が口にした単語に、神無の身体が強張った。振り返ると、学生と思しき男子二人が、街頭ビジョンを見上げている。

「ホント、これ、ヤバくない？」

「警察は何やってんだろうな。早く捕まえろって」

神無は、狐《きつね》につままれたような気持ちで街頭ビジョンを見やる。すると、よく見るニュースキャスターが、連続殺人事件のニュースを読み上げているところだった。

都内で女性の遺体発見。『令和の切り裂きジャック』と同じ手口。新たなる犠牲者。

そんな単語が読み上げられては、神無の頭の中に反響していく。

「そんな……ウソだろ……？」

神無の唇は震えていた。被害者の女性の顔写真が映し出されるが、神無は全く知らない相手だった。

「被害者が見つかってるの、みんな都内じゃん。案外、近くに居たりして」

学生と思しき男子の一人は、冗談半分で言った。「やめろよぉ」ともう一人の男子も、笑いながら彼を小突く。

神無は、その場に立ち尽くしていた。

携帯端末に視線が釘付《くぎづ》けだった男性が神無にぶつかり、迷惑そうに顔をしかめたが、神無は気にも留めなかった。

しかし、その視界の隅に、赤い光がちらついたのに気付く。それは、パトカーの回転灯だった。

一瞬だけ身構えるものの、パトカーは神無のことなどお構いなしに去って行った。信号無視をした自動車を追っていたらしい。

（落ち着け……）

神無は自分に言い聞かせる。小さく深呼吸をし、街頭ビジョンの前から立ち去った。

一瞬、記憶がないうちに人を殺《あや》めていたのかとも思った。しかし、ここのところは御影と行動していた。目ざとい彼が、神無の過ちを見逃すとは思えなかった。

（模倣犯か？）

被害者の女性の状況は同じだった。

下腹部が切り裂かれ、何かを探したような跡があったという。模倣犯か、よほどの理由がない限り、そんなことはしないはずだ。

気づいた時には、駅から少し離れた工事現場の前に辿り着いていた。

囲いに覆われたその場所は、今は作業をしていないらしい。鉄の骨組みだけが、静かに佇んでいた。

神無は、一人になりたかった。しかし、屋敷に戻りたくはなかった。

彼は見えない力に誘われるかのように、人目から逃れるべく囲いの中へと入り込む。

薄い鉄の壁を一枚挟んだだけで、雑踏と人の気配が遮断され、神無の心の中にも少しずつ平穏が戻ってくるのを感じた。

（どうする？）

神無は己に問う。

自分の正体が暴かれたわけではない。しかし、新たなる犠牲者は気になる。もしかしたら、咎人の仕業かもしれなかった。

「咎人だろうが何だろうが、放ってはおけないけど……」

神無は、汗で張り付いた横髪をかき上げる。

だが、次の瞬間、反射的に飛び退《と の》いた。

ドスッと重々しい音を立て、神無の足元に敷かれていたベニヤ板に穴が空く。神無が飛び退いていなければ、彼の腿《もも》に大穴が空いていたところだった。

「私は貴様を放っておけないな。——篠崎神威《しのざきかむい》よ」

「なっ……！」

誰もいないと思っていた工事現場に、長身の人影があった。

眼鏡をかけた、スーツ姿の男だった。理知的で冷ややかな顔立ちで、持ち上げ気味の顎と相手を見下すような視線に、神無は反感を抱いた。

「なんだ、あんた」

神無は男をねめつける。だが男は、全く動じることなく、「高峰《たかみね》と名乗っておこう」と返した。

高峰は神無に歩み寄る。神無は、上着の下に忍ばせたナイフへと手を伸ばす。自分の本名を知っている相手を、露骨に警戒しながら。

普通の相手ならば、サバイバルナイフで怯《ひる》ませた隙に逃れられるだろう。

しかし、高峰には隙が一切なかった。サバイバルナイフ程度で怯むような相手にも見えない。

「ナンパだったらお断りなんだけど」

神無は、相手の出方を窺うために、わざとおどけてみせる。高峰は、嫌悪感を露《あら》わにした。

「笑えない冗談だな。私が自ら貴様の毒牙に掛かりに行くとでも思ったのか、『令和の切り裂きジャック』よ」

「……っ！」

神無は、心臓が鷲摑みされたような錯覚を抱く。口の中が急速に渇き、血の気が一気に引くのを感じた。

「警察が、貴様の足取りを全く摑めていないとでも思ったか」

「成程。高峰サンは、刑事サンなわけ……」

「ああ。貴様のような異能を持った外道どもを掃討するためにいる」

刑事にして、神無の正体を知り、咎人の異能のことを知っている。この上なく分が悪いと、神無は心中で舌打ちをした。

「しばらく大人しくしていたと思ったら、また犯行を重ねたのか」

「……何のこと？」

「しらばっくれるな。一昨日《おととい》、また女性を殺しただろう」

「誤解だ！」

神無は咄嗟に否定した。

「模倣犯だか何だか知らないが、ニュースでやってた奴は俺じゃない」

「ここで弁解しなくていい。詳しい話は、署で聞こう。尤《もっと》も、貴様が話が出来るような状況であれば、だが」

「聞く耳持たないってこと……」

神無は、足元に空いた穴に視線だけを向けた。ぽっかりと空いたその穴の中には、銀色の球体が窺える。

「パチンコ玉か……？」

刹那、風を切る音がした。神無が反射的に上体をそらすと、胸の上を銀の球体が掠めて行った。まるで、弾丸のように。

「流石に、身軽だな」

高峰は冷静な感想を漏らす。

だが、彼は直立しているだけで、手には銃器の類を持っていなかった。一体どこから、パチンコ玉を発したのか。

「指弾か……！」

「ご名答」

高峰は、ポケットからパチンコ玉を補充しながら、淡々と答えた。

一見するとインテリ風な男であったが、人は見かけによらないと、神無は実感した。彼は親指一本で重いパチンコ玉を弾き、神無に命中させようとしたのだ。

いずれも回避したものの、神無の直感が働いてのことだった。狙いは正確で、ベニヤ板を易々《やすやす》と貫けるほど威力もある。

人間業《わざ》とは思えなかった。

「高峰サンも、咎人ってことか」

「毒を以って毒を制す。当たり前のことだ」

高峰はパチンコ玉を右手に装塡《そうてん》すると、神無の額に照準を合わせる。いつでも射貫けると言わんばかりの相手に、神無は何とか不敵な笑みを作って、虚勢を張ってみせた。

「そいつ、弾いちゃっていいわけ？　俺が切り裂きジャックじゃなかったらどうするつもり？」

「貴様が切り裂きジャックだという証拠は、私が幾つか摑んでいる。それに、貴様が罪を認めなくても、貴様の死体を持ち帰れば問題ない」

「射殺してもオッケーってこと？　日本でそれはヤバくない？」

「咎人は人ならざる者。人でないなら人権はないし、そもそも、咎人の事件に関しては表沙汰にはしない。表向きには、『令和の切り裂きジャック』は、良心の呵責《かしゃく》に駆られて自殺したことになる」

「捏造《ねつぞう》のシナリオも構築済みってわけ。正義の味方が聞いて呆れるね」

神無は軽口を叩きながらも、内心では現状を打開する方法を探っていた。

高峰が、神無――篠崎神威と『令和の切り裂きジャック』を結び付けている以上、この場から逃れてもいずれ追い詰められることだろう。バイト先は家の引き払いと共に辞めようと思っていたので、まだ繫がっている。その他にも、表社会の人間との繫がりが完全に消えたわけではなかった。

そうなると、選択肢は一つしかない。

ここで高峰と対決をし、高峰を説得、もしくは始末することだ。

「一つ、聞いていい？」

「貴様に質問する権利はない」

高峰はぴしゃりと断るが、神無は構わずに問う。

「警察が咎人っておかしくない？　過ちを犯して人の道を外れないと、咎人にはならないでしょ？」

神無の問いかけに、高峰は一瞬だけ黙る。だがその目は動揺しているというよりも、完全に据わっていた。

「質問はそれだけか？」

「聞きたいことはいっぱいあるけど、答えるつもりはなさそうだね」

「これが答えだ！」

高峰の返答と同時に、パチンコ玉の弾丸が神無を目掛けて発射される。神無は舌打ちをしながら、身体をそらして何とか避けた。

一旦、距離を置かなくては。

神無は身をひるがえし、建設中の建物の中に潜り込む。規則正しく並んだ鉄骨の柱が、高峰の指弾を妨害してくれるだろうと考えてのことだった。

鉄骨の背後に隠れつつ、神無は高峰と距離を取るべく上階に向けて走ろうとする。

だが、その頬をパチンコ玉が掠めた。

「なっ……」

生温い血が滴るのを感じる。

神無と高峰の間には、何本もの鉄骨があったはずだ。指弾で、その間を縫うなんていう芸当が出来るとは。

「正確過ぎる……！」

これが、高峰の異能の一端か。

神無は走る。疾風のように。しかし、その左脚を、パチンコ玉が掠めた。

「くっ……」

直撃は避けられたが、左脚が地に着く度にズキズキと痛むのを感じ、神無は悲鳴を漏らしそうになるのに耐えた。

神無は、何とか二階へと駆け上がる。

柱の裏に回り込み、吹き抜け部分から高峰の様子を窺った。

高峰の眼鏡のフレームが、外界の光を受けて不気味に光る。それはまるで、無慈悲なスナイパーが手にしたライフル銃のスコープのようだった。

「ふむ。身軽な貴様には、威力のあるものよりも速いものの方が良さそうだ」

高峰は懐を探る。その間、神無はどうやって高峰を仕留めようかと策をめぐらしていた。

サバイバルナイフの間合いに入るのは不可能だ。高峰の射程内に入ってしまうし、あの正確な指弾をかわさなくてはいけない。

では、ワイヤーで武器を落とすのはどうか。そんな考えが一瞬過るものの、高峰のパチンコ玉には予備があるだろう。ワイヤーで初撃を防いだとしても、その後を防ぐのは不可能であった。

(異能は無差別に発動するのか？　どんな条件下でも、正確に標的を捉えられるとでも？)

そんな都合のいい異能があるのだろうか。

御影の異能は、『元素操作』というものだと、本人から説明をされたことがある。周囲の元素を集め、自らを炉として言霊を利用して術式を形成し、魔法のような強大な力を使うのだという。神無には、とにかく魔法使いっぽいことが出来るという程度の理解しか出来なかったが、彼の異能の強力さは何度も目の当たりにした。

しかし、御影がそんな術を使うには、咎人の血肉という希少なものが必要だった。

一方、神無の『暗殺』の力は発動の度にコストを必要とするわけではないが、常に他人との繋がりを渇望するという病が彼を蝕み、本人が意図せずとも他者を引き付ける甘い毒を振り撒くようになっていた。

だが、一見したところ、高峰がそれらのリスクを負っているようには見えない。そもそも、大きなリスクを負っている者が、警察という組織の中に居られるだろうか。

神無がそう思っているうちに、高峰は懐から取り出した何かを、手の中に握っていた。

「粛清前に、三十秒やろう」

高慢に言い放つ高峰に、「は？」と神無は訝《いぶか》しげな顔をする。

「遺言を預かってやる」

「……ヨユー過ぎじゃない？」

神無は、思わず顔が引きつるのを感じた。

「それが貴様の遺言か。つまらない一言だ」

「いや、三十秒経ってないし！」

そう言いながらも、神無は背筋に寒気を感じた。反射的に顔を引っ込めた瞬間、飛来した物体が前髪を掠めた。

「な……っ」

パチンコ玉とは比べ物にならない速さだった。切り離された赤い髪は宙を舞い、風に乗って虚空へと溶けていく。

「ふん。本当に勘がいい。だが、その集中力も何処まで続くかな？」

高峰が動く。神無が隠れている鉄骨に向かって、二階へと上がろうとする。

神無は、後方の柱に何かが突き刺さっているのに気付いた。

それは、厚めの外国硬貨《コイン》だった。

殺気を感じた神無は、咄嗟に身を伏せる。しかし、肩に鋭い痛みが走った。木の板が敷かれただけの床に転がったのは、神無の血にまみれたコインだった。

まともに、高峰の攻撃を受けてしまった。

「集中力が切れてきたようだな」

高峰の声が近づく。神無は、肩にズキズキとした痛みを感じながらも高峰をねめつけた。

「遺言、って誰に届けるつもり？」

神無の額に照準を合わせる高峰に、神無は問う。

高峰は迷うことなく、「貴様を匿《かくま》っていた者に」と答えた。

「匿って……？」

神無の脳裏に、御影の姿が過る。

「貴様には協力者がいるだろう？　そうでなければ、ここまで我々の目を欺けなかったはずだ」

「仮にいたとしても、あんた達の前に姿を現すとは思えないけど」

「貴様の屍《しかばね》を晒しても？」

高峰の問いに、神無は心が揺さぶられる。

自分が死んだら、御影はどんな反応をするだろう。東雲と戦って重傷を負った時ですら、あんなに悲しんでいたのに。

（いや。その前に、ここで頭を撃ち抜かれても死ねないだろ……）

神無の深い業は、彼を現世に縛り付けるはずだ。

頭を撃ち抜かれても尚、動けないながらも生きている神無に執行されるのは、拷問にも似た尋問の類だろうか。それとも、倉庫で戦った異形と化した咎人のように、正気を失って暴れ回るかもしれない。

いずれにせよ、死よりも惨《むご》い仕打ちが待っているのは明らかであった。

高峰の言い分からして、どうやら、警察はそこまで知らないらしい。御影があそこまで博識だったのも、あの王者たる風格で咎人の世界に長く君臨していそうな時任と繋がっていたからだろうか。

（そんなことは、今はどうだっていい。どっちにしても、御影君を悲しませることになる……)

彼の涙を思い出すと、心が痛む。もう二度と、彼を悲しませてはいけないと、もう一人の自分が叫んでいた。

「貴様を匿うような輩《やから》は、碌《ろく》な奴ではないのだろう。貴様を餌に炙《あぶ》り出《だ》して、駆逐するのもいいかもしれないな」

「……何だって?」

高峰の冷ややかな言葉に、神無は自分の中の何かが動くのを感じた。

首筋が熱い。聖痕《スティグマ》が燃え上がるように浮かび上がるのが分かる。

「異能のあるところに罪がある。それを匿うのもまた、罪だ。罪を犯すのは、愚か者がすること。貴様を匿った者もまた、愚か者であり世間から排除されるべきだと言っているのだ」

高峰は、実によく通る声で饒舌《じょうぜつ》に語る。だが、「違ぅ!」と神無は反論した。

「よく知りもしない相手のことを愚か者扱いしやがって! 国から首輪をつけられている飼い犬が、偉そうな口を利いてるんじゃねぇ!」

「ふん。よほど、その匿った相手に懐柔されたと見える」

高峰は鼻で嗤う。それに対して、神無は牙を剝いた。

「俺は元々、あんたみたいにエリート面してる奴が嫌いなだけだ。自分が正しいと疑問を持たず、個々の事情を知ろうとしない奴がな！」

咆哮にも似た神無の叫びに、高峰は一瞬、顔を顰《しか》める。

しかし次の瞬間、彼は動いた。

「私も、貴様のように自由奔放な奴は嫌いだ」

弾かれたコインは、神無の額目掛けて飛んでいく。しかし、神無のサバイバルナイフが、それを弾いた。

「なっ……！」

「次は眉間を狙うと思ってね。狙いが正確ならば正確なほど、先読みして防御しやすいんだよ！」

動揺する高峰に向けて、神無はワイヤーを放つ。フックは高峰の右手に当たり、取り出そうとしたコインが宙を舞った。

「このっ」

「まだまだ！」

神無が手首を捻《ひね》ると、フックは意思を持っているように虚空を泳ぎ、高峰に襲い掛かる。高峰は身体を捻って避けるものの、代わりに眼鏡がさらわれた。

眼鏡が地に落ち、高峰の素顔が晒される。レンズという隔たりが無くなった双眸は、獣のように鋭く、隠し切れぬほどの殺意が滲み出ていた。

「へぇ。刑事サン、男前じゃん」

「クソッ！」

挑発的に嗤う神無に、高峰は怒りを剥き出しにする。負傷した右手をスコープのように構えたかと思うと、左手で落ちたコインを引っ掴み、神無目掛けて弾き飛ばした。

それは、正確に神無の右手のサバイバルナイフを弾き飛ばす。

「チッ、両利きかよ……！」

ワイヤーで攪乱《かくらん》した隙に距離を詰め、ナイフで攻撃をしようとしていた神無の目論《もくろ》見《み》は、完全に封じられた。

ワイヤーを手元に戻す神無に対して、高峰は木の床に落ちた眼鏡を拾い上げる。

「クソガキが……！」

眼光はより鋭利になり、そして燃え盛るようであり、今まで見せていた冷静さはすっかりかき消されていた。

「ド頭カチ割って、東京湾に沈めたるわ！」

「本性現したな、ヤクザ刑事！　あんたがぶちまけたコイン、ケツの穴に何枚入るか試してやろうか！」

神無は、眼鏡をかけ直す高峰に向かって、指をおっ立ててみせる。

「じゃかあしい、クソガキめ！　ケツの穴増やしたる！」

高峰は、六枚のコインを懐から取り出す。

中指で眼鏡の位置を直し、息を吐いて何とか平静を取り戻すと、高峰は神無に向かってこう宣言した。

「貴様はこれで葬る。せいぜい、三途《さんず》の川の渡し守へ渡す六文銭代わりにでもするんだな」

「そのコインだと、六文にならなくない？」

神無は苦笑しつつも、高峰の出方を窺う。神無は、先ほど、カウンター攻撃をした高峰に、違和感を覚えていた。

「目敏《めざと》いな。これは二ユーロ硬貨だ」

「ユーロとか、渡し守が困るし！」

「三途の川の両替所で換金しろ！」

高峰はコインを放つ。

手首のスナップを利かせて放たれたコインは二枚。神無は、上半身目掛けて飛んで来るそれを、何とか避けた。

「三途の川に、両替所があるかっての！」

「行ってみないと分からないだろう。戻ってくることは出来ないがな！」

高峰は瞬《まばた》きすることなく、次の二枚を放つ。次の狙いは、脚だ。

高峰の視線を頼りに、神無は軌道を先読みして避ける。神無の予想通り、コインは正確な狙いで両脚を掠め、木の床に突き刺さった。

「あと二枚……！」

それさえ避ければ、高峰の手の中のコインが尽き、隙が出来る。

「それはどうかな？」

高峰の冷ややかな宣告とともに、風を切る音が背後から聞こえた。

「まさか……！」

神無は振り返ろうとするが、遅かった。右脚と左脚の腿を、二枚のコインが貫く。

「ぐっ……」

神無はその場に膝をついた。血に濡れたコインが木の床に突き刺さり、傷口からは脈打つように血が流れる。

「秘技、『燕《つばめ》返し』。まさか、貴様ごときに披露することになろうとはな」

高峰は、吐き捨てるように言った。

神無を貫いたのは、神無が最初に避けた二枚だった。まさか、燕が空中で弧を描くように、コインを戻すことが出来るなんて。

「クソッ……」

神無は立ち上がろうとするものの、激痛のせいで力が入らない。地べたを這いつくばりながらも、高峰の間合いから逃れようと後ずさりをした。

「無様だな」

高峰は、残りの二枚のコインを手にして構える。それと同時に、神無の周りに落ちていたコインが、ひとりでに浮かび上がったではないか。

「なっ……!」

「私は貴様を舐めていたようだ。敬意を払って、我が奥義である『鷹狩《たかが》り』で仕留めてやろう」

まさか、こんな異能を隠し持っていたとは。

神無の四方を囲むコインは、鉄骨の隙間から射《さ》し込む外界の光に照らされ、無慈悲に輝く。

いくら神無が身軽であろうと、両脚を負傷した状態で、周囲を囲まれての攻撃を避けられるわけがなかった。

(考えろ……!)

神無は己に言い聞かせる。突破口があるはずだ。

高峰は、何故《なぜ》この技を最初から使わなかったのか。

それは、途方もない集中力が必要で、消耗が激しいからだ。その証拠に、コインを操る高峰の額に、大粒の汗が浮かんでいる。彼は神無の能力を把握し、神無の動きを完全に封じる必要があった。

これは、高峰の切り札だ。これ以上のものは隠していないはずだし、全身全霊を傾けてくるだろう。

(コインの軌道を折り返すことは出来るが、追尾は出来ないはずだ……)

鉄骨の陰に隠れた神無にコインやパチンコ玉が直撃しなかったのが、その証拠だ。ならば、視界に入るものを狙い撃つ異能だろうか。

(いや——)

神無は違和感を思い出す。高峰の眼鏡を吹っ飛ばした後の、彼の行動の違和感を。

一《いち》か八《ばち》か、賭けるしかない。

神無は、頭上に張り巡らされている鉄骨を見やる。

「粛清の時間だ！　射貫け、鋼鉄の鷹よ！」

高峰の手から、そして、神無の周囲からコインが飛来する。刹那、神無は高峰の頭上の鉄骨を目掛けて、ワイヤーを飛ばした。

「なっ……」

「悪いね、刑事サン！」

ワイヤーを使って、神無は鉄骨の上へと降り立つ。脚の負傷のせいで着地はひどいものだったが、高峰のコインは掠っただけで済んだ。

「それで逃げたつもりか！」

高峰は、標的を仕留め損ねたコインの軌道を修正する。足場の鉄骨は、神無の姿を隠すほど太くはなく、高峰の追撃を防ぐことは出来ない。神無の額を目掛けて、コインが正確に迫る。

だが――。

「こんなところで、ヤられてたまるかよ！」

神無のワイヤーが伸び、フックが高峰の眼鏡を弾く。それだけではない。ワイヤーは彼の両腕を、複雑に搦《から》め捕《と》った。

神無の眼前に迫ったコインが、ぴたりと止まって力なく床に落ちる。高峰はワイヤーを取ろうともがくが、神無がそれを許さなかった。

「そんなに人を見下したければ、ここでずっと見下ろしてな！」

神無は脚の痛みを押し殺しながら、鉄骨の上から飛び降りる。それと同時に、ワイヤーに捕らえられた高峰の身体が宙に浮いた。

「こ、この……！」

高峰は脚をばたつかせてもがくものの、それは虚《むな》しく虚空を蹴るだけだった。宙吊《ちゅうづ》りになった高峰を、神無は脚の痛みが引くのを待ちながら見上げる。

「その長い脚であんまり暴れると、あんたの大事なモンが壊れちまうぜ」

神無は傍に落ちていた眼鏡を、高峰の真下へと置いておく。高峰が落下したら、眼鏡が下敷きになるようにと。

「あんたの異能は、スコープかそれに準じたものから覗いた対象に、物体を確実にヒットさせるものだ。そうでしょ？」

「……っ」

高峰は無言で目を見開く。神無にとって、それが返答代わりになった。

高峰の異能は、特殊な条件下で発動するものだった。しかし、彼は眼鏡をかけていたため、日常的にその条件をクリアしていたのだ。

眼鏡が外れた時に手を使っていたのは、そのためだった。そして眼鏡が外れて両手を拘束された今、高峰の異能は完全に封じられた。

「……くっ、こんな無様な姿を晒すとは。殺せ……！」

高峰は恥辱にまみれた顔で神無をねめつける。だが神無は、ワイヤーの先を鉄骨の柱にしっかりと括《くく》りつけて固定し、肩を竦めた。

「悪いけど、放置プレイさせて貰うよ。からくりが分かった以上、あんたの能力はそれほど驚異じゃない」

両脚の出血はだいぶ治まっていた。痛みはまだ残っているが、立てないほどではない。傷口は疼いているものの、徐々に塞がっていくのを感じていた。

相変わらず、人間離れした再生力だ。

己の身体の生命力にゾッとしながらも、神無は携帯端末を取り出し、高峰へと向けた。

「貴様、何をしている……！」

「動画撮影」

「くそっ、やめろ……！」

高峰はもがくものの、ワイヤーが鉄骨を軋ませただけだった。

「今後、俺や俺の周りに手を出したら、この動画をネットに流す。俺のＳＮＳのアカウント、結構、見てくれる人が多いんだ。あっという間に拡散されちゃうかも」

神無は、ニヤリと笑った。高峰の端整な顔が、怒りに歪められていく。

「貴様、そんなことをしてどうなるか……！」

「おっ、いいね。ケーサツが黙っちゃいない？　国家権力濫用？　それはダメでしょ。そんなことしたら、お上に不満を持ってる一般人こそ黙っちゃいないんじゃない？」

「くっ……」

神無は高峰の姿を充分に録画すると、携帯端末を下ろした。

「刑事サンがどんないい大学出たか知らないけどさ、今は、俺みたいなのでもＳＮＳで影響力を持てるわけ。一般人だからって、舐めない方がいいよ」

「……だが、力には責任が伴う」

高峰は、絞り出すようにそう言った。それは反論や罵倒というよりは、言い聞かせるようだった。

「分かってる。自分のやったことの落とし前も、ちゃんとつけるから」

神無はそう言うと、高峰に背を向ける。それもまた、高峰に対する言葉というよりは、神無自身へと向けたものだった。

（……流石に、これで屋敷に戻るのはな）

神無は工事現場から立ち去ると、そのまま脚を引きずりつつ、引き払う前の自宅へと向かったのであった。

自分がやったことの落とし前をつける。

それは神無にとって自戒の言葉だった。

アスファルトに血痕を残していないのを確認しつつ、神無は自宅のデザイナーズマンションへと向かう。御影の屋敷に戻ることも出来たが、無様な有様を見せて御影を心配させたくなかった。

彼は今、何をしているだろう。

彼の好きな手芸でもやっているのだろうか。それとも、お昼が近いので昼食の支度でもしているのだろうか。

「昼食は要らないって連絡しなきゃ……」

だが、今は落ち着ける場所まで行き着くのが先だ。出血のせいで、頭がくらくらしていて、携帯端末を弄《いじ》っている途中で意識を失いかねなかった。

「まったく。御影君は親かっての」

自分に対して苦笑する。

しかし、つい口にしてしまった言葉が、思いの外、重いものだったということに神無は気づいた。

神無の母親は、昼食を作って神無の帰りを待っているということはしなかった。だが、神無の友人達は一般的な親の下で育っていたので、そういう親のことを知っていた。友人達が「ウチの親が」と話題を出す度に、神無は何とも言えない気持ちになっていたことを思い出す。

(ああ、そうか……。俺は御影君に……)

理想の家族というものを重ねていたのだろうか。自分を愛してくれる、家族の姿を。

「……俺、重過ぎでしょ」

神無は苦笑する。こんなにも、御影に寄りかかろうとしていたなんて。

頭を冷やさなくてはと、改めて自分に言い聞かせる。

そうしているうちに、目的地であるマンションに辿り着いた。

郵便受けの中を探るが、鍵が入っている様子はない。ということは、纏はまだ、部屋にいるのだろうか。

「……部屋を貸す方も貸す方だけど、ずっといる方もいる方だよな」

脚の怪我《けが》のことは、どう説明しようか。やはり、屋敷に戻るべきだろうか。

神無が踵を返そうとしたその時、オートロックの扉が開いた。

「神無さん！」

「あっ、纏ちゃん……」

現れたのは、纏だった。神無は、出来る限り平静を装って挨拶をする。

「今、出るところ？」

「あ、いえ。食材を買いに行こうと思って」

「食材？」

「お昼ごはんを作りたかったんです」

纏の答えに、神無は目を瞬かせる。まさか、自炊をしているとは。

「纏ちゃん、あの家に住む気……？」

「いいえ。神無さんが、いつ戻って来てもいいようにしようって思って。新居があるとは聞いていましたが、一人暮らしだと栄養が偏ってしまいますから」

纏は、曇りのない笑顔を神無に向けた。

「それって、どういう……」

「神無さんの分も、ごはんを作ってたんです」

ポケットから鍵を一つ取り出すと、纏は神無に返す。

「お部屋で待ってて下さい。すぐに買い物に行って、すぐに美味しいご飯を作りますので！」

「纏ちゃん……」

いつ戻るか分からない神無のことを、彼女は食事を作りながら健気《けなげ》に待っていたのだという。買い物に出かけようとする彼女を止めようとするものの、両脚の激痛がそれを阻んだ。

「くそ……」

「神無さん!?」

神無が膝を折ると、纏が駆け寄る。両脚の傷が開いたのか、血が滴って血痕を作っていた。

「怪我してるじゃないですか！」

「ごめん。ちょっと、すりむいちゃって……」

「そういう怪我じゃないですから！　私に摑まって下さい！」

纏は神無に肩を貸す。

長身男性の神無に対して、標準的な身長の女性である纏の身体は小さく、アンバランスになってしまう。それでも、纏は健気に神無を支え、彼の部屋に向かって歩き出した。

「女の子の肩を借りるとか、ダサ過ぎでしょ……。悪いね、迷惑かけちゃって」

「迷惑をかけたのは私の方ですし、これくらいやらせてください！」

纏は力強く答える。

「それに、肩を貸すのに男女は関係ないですから！」

「でも俺、デカいから重いし……」

「いいんです。重みを感じられた方が、その人の存在が確かなものだと思えるから」

「纏ちゃん……」

纏の肩は細く、今まで触れたどの女性よりも華奢に見えた。しかし、その背中は広く、足取りは頼もしい。

「神無さん、体温高いんですか……？」

「えっ？」

「あったかいなって、思って」

「……君もね」

服越しに感じる温《ぬく》もりが心地よい。相手も自分も、生きているということを実感出来る感覚だ。纏も、それを感じてくれているのだろうか。

やがて、二人は神無の部屋までたどり着いた。

纏は神無をソファに座らせて、ボトムスの裾をまくろうとする。

「い、いいって。自分で何とかするから」

「怪我人は大人しくしていてください！」

纏にぴしゃりと言われ、神無は思わず黙った。

「酷い怪我……」

神無の怪我を見た纏は、悲痛なほど表情を歪めた。

「一体、誰がこんなことを……！」

「まあ、ちょっとした……喧嘩……」

上手い言い訳が見つからず、神無の声は思わず小さくなってしまった。

「神無さんをこんな風に傷つけるなんて、許せない……」

纏は、怒りからか手を震わせながら、自身のバッグからタオルを取り出す。そして、血塗《ちまみ》れになるのも構わず、神無の脚に巻き付けた。

「纏ちゃん、タオルが汚れるって……！」

「私のタオルなんかより、神無さんの方が大事です！」

纏はそう言い切った。彼女の気迫に圧され、神無はそれ以上、何も言えなかった。

そうしているうちに、纏は両脚の止血を終える。その頃には、傷口はかなり落ち着いたようで、脈打つような痛みは和らいでいた。

「ありがと。だいぶ楽になった」

「良かった……」

纏は、心底安堵するように微笑んだ。

いい子だな、と神無は思う。だからこそ、彼女が自分のような碌でもない男の傍に、いない方がいいとも思った。

「俺はもう大丈夫。後は、何とかするよ」

「でも……」

「纏ちゃんもさ、行くアテを探した方がいい。っていうか、手伝うよ。脚がこんな有様だけど、ネットは使えるし」

神無は、携帯端末を取り出し、検索アプリを開こうとする。しかし、纏の手がそれを制止した。

「纏ちゃん？」

「あの……。私、ここに——ううん、神無さんのところに置いて頂けませんか？」

「えっ……？」

神無は目を丸くする。そんな彼の胸に、纏は縋《すが》り付《つ》いた。

「私、こんな風に優しくされたの初めてで……。だから、神無さんのお役に立ちたいんです！」

優しくされたのが初めてという言葉に、神無は何も言えなくなってしまった。自然と彼女に、愛されなかった自分と、御影に縋り付こうとしている自分を重ねてしまった。

彼女は、今まで自分にすり寄って来た女性達とは違う。肉体的な見返りを求めず、魂の救いを求め、心で歩み寄ってくれていた。

ここで彼女に応えるべきなのだろう。ここで、彼女を抱きしめるべきなのだろう。

そう思うものの、神無の脳裏には、御影の姿が浮かんで離れない。

気づいた時には、首を横に振っていた。

「纏ちゃんが思ってるほど、俺はイイ奴じゃないよ。酷い狼なんだ。沢山の人を、傷つけて来たし」

「もし、そうだとしても、今私の目の前にいる神無さんのこの姿が、嘘だとは思えません」

纏の目は真っ直ぐだった。相手が殺人鬼であろうと、その気持ちは変わりがないと言わんばかりだった。

「纏ちゃんは、強い女の子だね。だからこそ、俺には勿体無《もったいな》い」

縋り付く纏を、神無はそっと引き離す。

「俺はクソみたいな人間だけど、それでもイイって言うなら、纏ちゃんとは友達になりたい。君は素敵な人だと思うし、力にはなりたいんだ」

友人として親身に支援をしたい。その気持ちに、偽りはなかった。神無にとって、この健気な相手は、最早《もはや》、他人ではなかった。

しかし、纏は目を見開いたまま、傷ついたように唇を戦慄《わなな》かせていた。

「私の、何がいけないんですか？」

「いけないなんてことはないさ。敢えて言うなら、いけないのは俺の方だし」

「もしかして、神無さんには想《おも》い人が……？」

「そういうわけじゃ、ないけど……」

神無は返答に困りながらも、そう返す。すると、纏の手が、神無の腕を強く掴んだ。

「嘘です」

「纏……ちゃん……？」

「私と話している間、誰かのことを考えていましたね？」

図星を突かれた神無は、思わずギョッとする。

纏の目つきはいつの間にか鋭くなり、真っ直ぐな瞳は、標的を逃がすまいとする高峰の鷹の目のようになっていた。

「また、私は友人止まり……」

「えっ……？」

「でも、幸い神無さんは男性ですし、既成事実を作られて穢されてるなんてこと、無いですしね」

纏は微笑む。怒りと、悲しみと、安堵が入り混じった、濁った笑みだった。

「なに言ってんの……？　またって、どういうこと？」

纏は神無の腕を放したかと思うと、部屋の隅に置かれた彼女のバッグから、何かを取り出す。

窓の外から零れる光に照らされて、禍々《まがまが》しく光るそれは、大きな鉈だった。

「それって、もしかして……」

都心をさまよっていた一般女性に不似合いなそれを目にした神無は、反射的に万屋のことを思い出す。

　万屋の売り物である鉈が消えて、戻ってきていないことを。

「教えてください、神無さん。貴方《あなた》の心を捉えて離さない、幸運な方の居場所を」

　彼女が持つ鉈には、殺意以外の何ものも感じられなかった。ドロドロとした感情が汚泥のように渦巻いているのが、目に見えるかのようだった。

「纏ちゃん、それをしまうんだ……。君に聞きたいこともあるし、何より、君は誤解をしている」

「誤解なんてしてないです」

　纏は、迷うことなく言い切った。

「神無さん、気付いてないいんですか。その人のことを思い出していると思しき時、貴方の心拍数は一時的に上昇して、後は驚くように落ち着くんです。それって、その人に特別な感情を抱いている証拠ですよね？」

　瞬きをせず、纏は冷静に且つ早口に分析する。神無は、一切の反論が出来なかった。

「もし、そうだとして……、どうする気？」

　神無は声を何とか振り絞り、纏に問う。すると、纏は迷うことなく答えた。

「神無さんの一番になれないのが悔しいので、その人を消して一番になりますね」

纏は笑みを浮かべる。

濁った瞳で、迷いのない笑みを。

そして、凶刃を手にした彼女の右腕には、袖の陰から鈍く光る刻印が見え隠れして
いたのであった。

3

Criminal Stigmata

切り裂きジャックと清姫の討議

高峰《たかみね》は、呼び出した秋山《あきやま》にワイヤーを切って貰い、屈辱的な姿を公衆の面前で晒すという公開処刑からなんとか逃れることが出来た。

「クソッ、切り裂きジャックめ……」

高峰はワイヤーの痕が残った腕をさすりながら、床に置かれていた眼鏡を拾い上げる。

「いやー、ビックリしましたよ！　パトカーで待ってろって言われたかと思ったら、いきなり、工事現場に来いだなんて。んで、駆け付けたら、高峰さんがあられもない姿になってるじゃないですか」

秋山はワイヤーを切ったニッパーを、パチンパチンと鳴らして弄びながら言った。

「言葉を選べ。そして、今日あったことは忘れろ」と高峰は睨《にら》みを利かせる。

両手は封じられていたが、音声操作出来る携帯端末を持っていたのが幸いした。すぐに、秋山を呼び出して拘束を解かせたのである。

「それにしても、『令和の切り裂きジャック』に会ったんですか!?」

「こいつだ」

高峰は、秋山に神無《かんな》の写真を投げつける。上手くキャッチ出来ずに落としそうになりながらも、秋山はなんとか受け取った。

「へー、若っ！　髪の毛、赤っ！」

「他に感想はないのか」

呆れる高峰に、秋山は口をピタッと噤《つぐ》み、写真をまじまじと見つめた。

「……この若者、何で人殺しなんてしたんでしょうね。あれだけ殺すのには、相当の理由がありそうですけど」

「……それは、本人に聞けばいい」

高峰は首を傾げている秋山から、目をそらした。

「両脚を負傷しているから、そう遠くには行っていないはずだ。この男、篠崎《しのざき》の自宅は既に把握している。先ずは、そちらに向かって――」

「その必要はないよ」

第三者の声が、鉄骨に囲まれた工事現場に響いた。

いつの間にか、空には暗雲が掛かっており、昼間だというのに辺りは薄暗くなっていた。その中を、夜の帳《とばり》を纏ったかのような人物が降臨する。

「お前は……」

高峰は反射的に構える。ポケットの中のコインに手を伸ばし、いつでも弾けるようにと。

現れたのは、御影《みかげ》だった。絹糸のような白髪を湿った風になびかせ、血塗られた瞳には嵐の前触れの如《ごと》き不穏さを宿しながら、靴音だけを響かせて、高峰達にゆっくりと歩み寄る。

その威圧感に、高峰は額に汗が伝うのを感じた。秋山に至っては、完全に気圧されて、口をパクパクさせているだけだった。

「僕の愛《いと》しい子が、お世話になったようだね」

御影は微笑む。しかしその双眸に宿るのは、絶対零度の冷ややかさだった。

「貴様が、篠崎神威《かむい》を匿っていた者か……」と、高峰は何とか声を絞り出す。

「彼を誑《たぶら》かしてそばに置いている――というニュアンスの方が適切かもね」

「どちらにせよ、堅気ではないようだな」

「君も、ね」

御影は、視線だけを辺りに向けた。穴だらけの工事現場、落ちているコイン、そして、あちらこちらに散らばる血痕と嗅ぎ慣れた血の匂い。それは、神無の自宅の方へと向かっていた。

全てを察したように目を細めると、御影は改めて高峰に向き直る。

「差し詰め、指弾で標的を射ることを得意とするのかな。ヴィルヘルム・テルが相手では、神無君も分が悪かったようだね」

「ヴィルヘルム……テル？」

疑問を口にしたのは、秋山であった。

御影がそちらを振り向くと、「ひえっ」と小さく悲鳴を上げる。「取って食べやしな
いよ。お腹は空いてないしね」と御影は悪戯っぽく微笑んだ。

「ウィリアム・テルと言った方が分かり易いかな」

「伝説の弓の名手か……」

答えたのは、高峰だった。

「そう。スイスの英雄さ。彼は暴君の怒りに触れ、息子の頭の上に載せたリンゴを射
貫くか死ぬかを選べと言われて、見事にリンゴを射貫いてみせたというエピソードが
有名だね」

「そして、その暴君を射殺した」

御影をねめつける高峰に、「その通り」と御影は静かに返した。

「名誉な呼び名だが、私は英雄ではない。ただの公僕だ」

「そして、ならず者でもあった」

「……！」

高峰は目を見開く。その場では、秋山だけが、よく分からないと言わんばかりに、訳知り顔の御影と高峰を見比べていた。

「君の目を見れば分かる。それは、ドブに身を潜ませ、泥まみれになって生きて来た人間の目だ」

「……貴様、何が言いたい」

「君は身綺麗にしているし高圧的な態度だし、一見すると出世街道まっしぐらだったエリートのように見える。だけど、それはただの金メッキに過ぎない。君はその異能を買われて警視庁に拾われ、そのことを隠すようにエリート刑事然としているんだろうね。本当の君は、もっと荒々しく武骨で、活《い》き活《い》きとしているんじゃないかな」

「今の私は、活き活きとしていないとでも？」

「そのすまし顔、上手く作れているけれど、少しぎこちないよ」

御影の言葉に、高峰は眉間に皺を寄せる。憤懣《ふんまん》遣《や》る方ない表情に、「失礼」と御影は肩を竦めた。

「一般人の前で、咎人《トガビト》の咎を深掘りするのはマナー違反だったかな。本題に戻ろうか」

「本題に戻る必要はない。我々は、篠崎を追わなくてはいけないからな」

「何故、彼を？」

「『令和の切り裂きジャック』だからだ。貴様は、奴を匿っているのだから知っているだろう。奴は今も尚、犯行を重ねている。昨日も、一昨日殺された奴の犠牲者が発見されたんだ！」

「それは変だ」

御影は、バッサリと否定した。

「変……だと？」

「それは彼じゃない。その日は僕と一緒にいたしね。それに、今の彼は、そんなことをするように思えない。僕が彼を迎えてから、彼は一度も罪を犯していないはずだよ」

「どうだかな」

高峰は、鼻で嗤った。

「今まで、奴が何人手にかけて来たか知っているか？　しかも、あれだけの数の被害者を出しながらものうのうと生きている奴だぞ！」

「僕は彼を信じている」

御影は、高峰を真っ直ぐ見つめる。だが、高峰は「話にならん」と一蹴した。

「まあ、確かに。僕が彼に対してどのくらい信頼を寄せていようと、君達には関係ないだろうね」

御影は携帯端末を取り出すと、その画面を見せた。

「これ、何だと思う？」

「アドレス帳か……？」

「そう。彼のスマホに入っていたものさ」

御影の言葉に、高峰と秋山は息を吞んだ。

「な、何故、それを……」

「彼が眠っている間に、僕が引き抜いておいたのさ。何かの役に立つかと思って」

「き、切り裂きジャックが眠っている間に、スマホの情報を抜くなんて……」

秋山は目を白黒させる。高峰もまた、信じられないと言わんばかりに目を丸くしていた。

「『令和の切り裂きジャック』が犯行に及んだ相手は、彼と付き合いがあった女性だ。彼は律儀だから、付き合う相手の連絡先はちゃんと記録するし、犯行に及んだ後も連絡先を消さない」

「何故だ。被害者の連絡先がスマホに入っているのが見つかれば、その分だけ弁明の余地がなくなるというのに！」

驚愕する高峰に、「もしかしたら、これだけやったぜっていう勲章みたいな扱いとか⁉」と秋山は震え上がる。

しかし、御影は首を横に振った。

「恐らく、自戒なんじゃないかな。彼なりの」

「自戒、だと……？」

「消してしまったら、自分の罪の意識も消えてしまうような気がしたのかもしれないね。彼は、そういう子だ」

いまいち理解が出来ないでいると思しき高峰に、御影は携帯端末を放る。高峰は、それを見事に受け取った。

「データ自体を渡したいところだけど、僕が怒られてしまうからね。まあ、参考までにどうぞ」

スマホはちゃんと返してね、と言い添えながら、御影は高峰達の様子を見守る。高峰はすぐに、手帳に挟んでいた被害者の一覧と、アドレス帳の情報を見比べ始めた。

「連絡先だけではなく、登録順と被害者の殺害順も一致する……」

「でも、殺されてない女の人もいっぱい登録されてますよ。これって、まだ見ぬ被害者とか……?」

秋山の顔が青ざめる。しかし、御影が頭を振った。

「それは、無事円満に別れた子。彼、来るものは拒まなかったみたいだから」

御影は、「色々と妬《や》けちゃうよね」と、冗談っぽく苦笑する。

「……昨日発見された被害者だけ、登録がないな」

ざっとデータを見比べ終わった高峰は、腑《ふ》に落ちない顔だった。

「そういうこと。昨日見つかった子は、『令和の切り裂きジャック』に殺されたわけじゃない。別の人間に殺されたんだ」

「では、一体誰に……」

「それを探るのが、君達の仕事じゃないかな?」

御影は肩を竦める。「確かにな」と高峰は、御影に携帯端末を返した。

「情報を精査する必要もあるが、一先ずは、捜査に協力してくれて感謝する」

「大切な子が容疑を掛けられているとなっては、黙っているわけにもいかなくてね」

「……だが、篠崎神威が『令和の切り裂きジャック』であることは揺るぎない事実。

我々は、篠崎を逮捕して、然《しか》るべき処罰を受けさせなくてはいけない。私の使命は、『令和の切り裂きジャック』事件の解決だ」

「然るべき処罰、ね」

御影は、含み笑いを浮かべる。

「何がおかしい」

「咎人を人間の法律で裁くのは無意味だということ、薄々気づいているんじゃないかな？」

御影の赤い瞳が、高峰の顔を覗き込む。その見透かすような視線に耐えかねてか、高峰は逃れるように目をそらした。

「君も咎人である以上、何らかの罪を犯しているはず。それが裁かれたようには見えないけど」

「……クッ」

言葉に詰まる高峰に、御影はくすくすと意地悪く笑った。秋山は、ハラハラした様子で二人のやり取りを眺めている。

「君も大変そうだ。その、君を縛る微妙な立場こそが、君に科せられた罰なのかもしれないね。牙を剝くことすら許されぬ、猿轡《さるぐつわ》をはめられた哀れな狂犬……」

「……貴様の戯《ざ》れ言《ごと》に付き合っている暇はない。我々は、篠崎の家に向かう」

湧き上がる感情を堪えるようにして、高峰は秋山を引き連れてその場を後にしようとする。だが、「待つんだ」と御影がそれを呼び止めた。

「これ以上、貴様に時間を割けない」

高峰は、きっぱりとそう言う。

「安心して。ここで僕に時間を割く必要はない。僕が、ついて行くからね」

「何だと？」

「まあ、君達が彼に手を出したら、それ相応の対処をさせて貰うつもりだけど」

御影がさらりと言う。秋山は震える声で、「こ、公務執行妨害で、た、逮捕しちゃうぞ！」と叫んだ。

しかし、御影は応じない。高峰の反応を窺っていた。

「他にも目的があるように見えるが」

「気になることがあってね。もし、昨日発見された女性を殺害した真犯人と出くわしたら、僕も君達を手伝うことになるかと思って」

「真犯人と……!?」

高峰と秋山の声が重なる。御影はふと天を仰ぎ、池袋を駆け巡る風を吸い込むように、すんと鼻を鳴らした。

「これは、飽くまでも僕の咎人としての勘だけどね。——罪の、においがする」

御影は神無の自宅の方を見やると、高峰達を置いて足早に歩き出したのであった。


一方、神無の家では、大鉈を手にした纏《まとい》と神無が、対峙《たいじ》していた。

「消して、一番になるだって……？」

「そうです。そうすれば、神無さんはこちらに振り向いてくれるでしょう？」

纏は、深淵《しんえん》の闇と淀《よど》みに満ちた目をしながら、小首を傾げてみせた。

「それは……間違ってるよ」

「間違ってる？」

「御影君と纏ちゃんに対する気持ちは、全然違う。優劣とかそういうんじゃなくて、種類が違うんだ」

「みかげくん」

纏は瞬きをしないまま、神無が口にした人名を復唱した。

しまった、と神無は口を噤むが、もう遅い。

「御影……君ってことは、男の人……ですか？」

「……そうだけど？」

神無は纏を警戒しながら、これ以上、迂闊《うかつ》なことを口にしないように頷いた。御影を、巻き込まないようにと。

「いいなぁ……」

纏は、ぽつりと呟く。

「……なにが？」

「神無さんに想われているその人が。そして、その人といい関係を築けている神無さんが。私、何処で間違っちゃったんだろう……」

「話、聞かせてくれる……？」

恐る恐る声をかける神無に、纏はからくり人形のような無機質さで頷いた。

「私、好きな人がいたんです」

好きな人を語るとは思えないほど冷たい声で、纏は語り出した。

彼女には、高校の頃から一緒だった友人がいた。何処へ行くのも二人で、仲が良いから同じ大学に行くと決めたのだ。

「地味な私とは正反対の、太陽の下で輝く小麦の穂のような髪の、美しい人でした。

その人はいつも笑顔で、みんなから愛されていて、私も友人でいることを誇らしく思っていました。でも——」

「でも？」

「その人に、恋人が出来たんです」

纏のこの上なく冷ややかな声に、神無は、ぞっと寒気が背筋を駆け上がるのを感じた。口調こそは静かだったが、纏の声には怨嗟《えんさ》が籠っているようだった。

「友人といられる時間は、減ってしまいました。その時、私は気付いたんです。私にとって、友人は唯一無二の存在だったということを」

即《すなわ》ち、恋をしていたのだと纏は言った。

纏は友人にその旨を話し、恋人と別れてくれるよう掛け合ったという。しかし、友人は取りつく島もなく、縋りつく纏をあっさりと見限ってしまったとのことだった。

「……それは、酷いね」

神無は素直に同情する。纏は、静かに頷いた。

「もう、二人の関係は行くところまで行っていたそうです。妊娠までしてたそうで」

「マジか……」

纏の友人は、既に恋人と逢瀬《おうせ》を重ねているうちに、一線を越えて既成事実を作っていた。恋人を孕《はら》ませたのが迂闊なのか覚悟の表れなのか分からないが、第三者が入り込む余地は塞がれていたということか。

「でも、それは私から離れる口実でした」

「えっ？」

疑問を浮かべる神無の目の前で、纏が手にする大鉈が妖しく輝く。

「彼女と会い、妊娠しているという腹を裂いて、探してみたんです。二人の子供がいたら――愛の結晶とやらがあったら、下水に投げ捨ててしまおうって。だけど、何も無かった……」

「まさか、纏ちゃん……」

下腹部を引き裂かれた女性の遺体。何故か続いている『令和の切り裂きジャック』の犯行。そして、目の前にいる嫉妬に燃える女性。

神無の中で、全てが繋がった。

纏は、愛する友人の恋人を殺害していたのだ。

「昨日、都内で見つかった女の子の死体っていうのは、纏ちゃんが手を下したのか！」

神無は、思わず纏の細い肩を掴む。彼女は感情の窺えないほど濁った双眸で、神無を見つめ返した。

「もし、そうだったら——どうするつもりですか？」

「どうって……」

神無は言葉に詰まる。

彼女は、どんな答えを求めているのか。いいや、寧ろ、自分は彼女にどうして欲しいのか。

自首しろと促すのが、定番の選択肢だろう。しかし、神無がそれを口にするのは、自らが許さなかった。『令和の切り裂きジャック』である自分は、こうしてのうのうと塀の外にいるのだから。

「俺は……」

「いいんです。怖がったり、軽蔑したり、警察に突き出そうとしたりしても」

纏は投げやりにそう言った。しかし、神無は首を横に振った。

「君の意見を尊重したい」

「えっ……？」

纏は、目を瞬かせる。

神無は、一瞬だけだが、纏の身体に刻まれた聖痕《スティグマ》を見た。彼女はもう、咎人に堕ちてしまっている。だったら、人間の法律で裁くことは困難だろう。それに、彼女の犯行は私怨によるものなので、御影に対する殺意さえなくせば、無差別に被害者が出ないはずだ。

「纏ちゃんが逃げたいのなら、俺は出来る範囲で力を貸す。誰かを傷つけるっていうのには、手は貸せないけど」

「神無さん……」

纏の表情が、僅かに和らぐ。どうやら、神無は言葉選びに成功したらしい。彼女を落ち着かせるまで、あと少しだ。

「君は、後戻り出来ない状況で混乱しているのかもしれない。好きだった人の恋人を殺してしまったわけだし。でも、これ以上罪を重ねちゃあ駄目だ。道徳的にどうっていうんじゃなくて、纏ちゃんが――」

「待って下さい」

纏は間髪を容《い》れずに口を挟む。神無は、空気が一気に冷えたのを感じた。

「どうして、好きだった人の恋人の話が出るんです？」

「えっ？　だって、君が殺したのは、君の好きな人の恋人だろ？」

「違いますよ」

纏は、きっぱりと言い放った。

「私が殺したのは、私の友人にして想い人。彼女の恋人のことなんて知りません。そんな、何処の馬の骨かも分からないやつ、相手にする価値もない」

纏は吐き捨てる。

神無は勘違いしていた。殺された女性は、纏の想い人だった。纏は想い人が妊娠させられたと知って、逆上して殺したというわけか。

神無は、この事件の複雑さに気付いた。構図も経緯も単純なものだが、根本にあるものは容易に解決出来ないと悟った。

「あの子は、言ったんです。『女が女を愛しているなんて、気持ちが悪い』って」

「それは……」

「女が女を、男が男を愛しちゃいけないんですか？　自然の摂理に背いているからいけないんですか？　それって、子供を作るために人を愛するってことですか？　それじゃあ、動物と変わらないんじゃないですか？」

纏は早口でまくし立てる。神無は、言葉を選びながら答えた。

「ダメなんてことはない……。愛の形だって色々だし、人は誰にも、愛する権利があると思う」

「神無さん……」

「だけど、相手を選ぶ権利だってある。君の想い人が、君の権利を否定したのは、最悪だと思うけど、纏ちゃんも好意を押し付けちゃダメでしょ……」

「あっ……」

纏の手から、鉈がするりと落ちる。フローリングの上に転がり落ちた凶器を見て、神無は胸を撫で下ろした。

「君の中に渦巻く感情も、本当は俺に向いてるわけじゃないんじゃない？　好きな人のこと、すぐに忘れるわけがない。だから、先ずは自分の気持ちと向き合いなよ。俺も、手伝うから」

「私……」

神無は、青ざめた顔をした纏の右腕をそっと取る。袖から覗く右腕には、鈍く輝く聖痕が見えた。蛇のように禍々しいそれは、彼女の中に渦巻く嫉妬の化身のようにも思えた。

「どうしたらいいか、分からないんです。一人でいると、淀んだような気持ちが胸の中をぐるぐると渦巻いて、身体が重くてしょうがないんです。自分の感情の重さのせいで、このまま地面に沈んでしまいそうで――」

纏の目から涙がこぼれる。神無が、彼女を落ち着かせようと、手を握ろうとしたその時であった。

「うっ……ぐぅ……！」

びくっと纏の身体が弓なりになる。異変を感じた神無が、「纏ちゃん！」と彼女を抱き止めようとするものの、纏の右腕が、物凄《ものすご》い力で神無を弾き飛ばした。

「くっ……！」

壁に激突しそうになる神無であったが、その身体を誰かが受け止めた。その腕の感触を、神無はよく知っていた。

「御影君……！」

「遅れてすまないね。君に、怪我をさせてしまった」

神無は一瞬、何のことを言っているのか分からなかったが、御影の視線が両脚に向いていたので、ハッと思い出した。

「いや、こっちはもう、大丈夫そう。それよりも――」

目の前の纏は、自らの身体を抱きながら悶《もだ》え苦しんでいる。まるで、身体の中を駆け巡るどす黒い感情を必死に抑え込もうとするように。

「まさか……」

「早く、纏ちゃんを助けないと……」

神無は纏の元へ向かおうとする。しかし、それを御影が制止した。

「どうして止めるの！」

「僕の読みが正しければ、危険だからだよ」

御影は、神無の腕を摑んで自らの方へと引き寄せる。纏の腕にある聖痕が、未《いま》だ嘗《かつ》て、神無が見たことがないほど輝いていた。

「あ、ぐっ……！」

悶絶《もんぜつ》する纏の聖痕が、ぐにゃりと歪む。その瞬間、彼女の身体はめきめきと音を立てて変形し始めた。骨が軋み、肉が盛り上がる音がする。

目の前で異形と化す纏に、神無は言葉を失った。

「まとい……ちゃん……」

彼女の細い腕は、いつの間にか二倍に膨れ上がり、ぬらぬらとした鱗《うろこ》に覆われていた。細い両脚は、肥大化した肉が結合して一つになり、蛇の尾のように伸びて行く。

いや、蛇というのは生易しい。これは最早、龍《りゅう》であった。

「報われぬ恋心が嫉妬の塊となった、清姫《きよひめ》か。既に、安珍《あんちん》を焼き殺してしまった後のようだけど……」

御影は、変貌した纏を見て哀《かな》しげに目を伏せる。

「どうにか、ならないの……？」と、神無は震える声で問う。

「君は、彼女を元に戻したいのかい？」

「当たり前じゃない。彼女は、ああなってしまうほどに愛した相手がいたんだ！　でも、心のすれ違いで、想いが成就出来ずにいた……。彼女に、やり直す機会をあげたいんだ！」

神無は、御影に摑みかかる。御影は、その手をやんわりと握り返した。

「君が、やり直す機会を得たように？」

「……うん」

どうして、こんなにも纏のことでムキになるのか。それは、纏とかつての自分を重ねたからだ。

纏は、神無と違って愛を知っていた。しかし、愛ゆえに過ちを犯してしまった。そんな彼女を、他人とは思えなかった。

「君が、彼女を助ける鍵になる」

御影は、切迫した状況に不似合いなほど、慈悲深い微笑を湛えながら、神無を見つめ返す。神無は思わず、「えっ」と目を丸くした。

「伏せて！」

利那、異形と化した纏の脚——いや、尾が、周囲の家具をなぎ倒し、窓ガラスを割る。御影と共に伏せた神無は無傷だったが、大蛇となった纏は、窓から外へと飛び出してしまった。

「まずい……！」

神無はベランダから地上を見下ろす。神無の家は三階だ。

だが、纏は蛇身で上手く着地したようで、無傷だった。

「高峰君！」

次いでベランダから顔を出した御影が、少し遅れてパトカーで駆け付けた高峰を見つけて叫ぶ。

「彼女は異形化した咎人だ！　道路を封鎖して、もてなす準備を！」

「何っ！」

高峰は度肝を抜かれたような声をあげながら、パトカーから降りる。目の前で蠢《うごめ》く蛇身の纏を見て、覚悟を決めたように頷いた。

「ひえぇぇ」

パトカーの運転席では、咎人ではない秋山が情けない声をあげている。だが、高峰は活を入れるように指示を出した。

「秋山、道路の封鎖だ！　この場所には、誰も近づけないようにしろ！　そして、お前も近づくな！」

「た、高峰さんはどうするんですかっ！」

「異能使いの相手をするのが、私の役目だ」

高峰は、自分の身長よりも遥《はる》かに巨大な蛇身をねめつけながら、ハッキリとそう言った。

「で、でも……」

「早く行かんかい、アホンダラぁ！」

「ひえぇぇっ！」

高峰に一喝《いっかつ》された秋山は悲鳴をあげながらもパトカーを後退させ、道路の封鎖に取り掛かる。周辺は単身者用のマンションが固まっており、昼時なので人通りも少ない。道路を封鎖すれば、何も知らない人々に見られることはないだろう。

「よし。僕達も早く向かおう」

「ああ」

御影と神無は、マンションの階段を駆け下りる。その途中で、神無は事のあらましを御影に話した。

行くあてがない纏を、密《ひそ》かに保護していたこと。しかし、纏は想い人を殺して、逃走中だったということ。彼女の愛が報われなかったことに対して同情はしているが、やり方は間違っていると思うこと。そして、彼女を止めたいということ。

「……ごめん。御影君に、早く相談していればよかった」

「どうして謝るの」

「結局、俺一人じゃどうにもならなかった。……俺は、自分の力に驕《おご》っていたんだ」

「そんなことないと思うけど」

階段を駆け下りながら、御影はさらりと否定した。

「君は君なりに、最善を尽くしたと思うよ。君が彼女を保護しなかったら、嫉妬の炎に身を焦がした彼女は、他の誰かを殺傷していたかもしれない」

「それは……」

「彼女が今暴走しているのは、感情の行き場所を失ったからだ。それは、神無君の影響で彼女自身が葛藤して、衝動を抑えようとしているからなんだよ」

「そう……なのかな」

「僕を信じて」

御影の言葉が、神無の不安に揺れる心に染み渡った。全てを委ねられそうな安心感が、そこにあった。

だが、全てを委ねてはいけない。寄りかかってばかりはいられない。

神無は、自身の頬をパァンと叩く。今は、纏を元に戻すことだけを考えなくては。

「御影君。さっき言ってた、俺が彼女を助ける鍵になるって……」

「手短に話そう。高峰君も一緒にね」

階段を下り切り、エントランスを抜け、二人は高峰と合流した。

「待っていたぞ、二人とも……！」

高峰はコインを手にして纏をねめつけつつ、二人を迎える。

「刑事サン、さっきぶり」

「貴様には言いたいこととやりたいことがたっぷりあるが、今はあいつを止めることが先だな……！」

高峰は神無を一瞥すると、怒りを何とか堪えてみせた。

「奴の鱗は強靱《きょうじん》だ。私のコインも通らない……！」

蛇身の纏は、うぞうぞと下半身をくねらせて、マンションのそばから離れようとしていた。高峰がそれを阻止しようとコインを弾くものの、彼女の鱗であっけなく撥《は》ね返されてしまう。

「あの鱗は、拒絶の意志かな。全てを拒絶することで、自分を守っているのかもしれない」

「彼女は、何処へ？」

御影とともに、神無もまた変わり果てた纏を見上げる。

二階まで頭が届きそうなほどの巨体で、纏であった原形はほとんど留《とど》めておらず、目にも理性が見当たらない。身も心も蛇になってしまったかのようだった。

「高峰君。昨日発見された被害者は、今、何処へ？」

「現在は司法解剖中で――」

そこまで言って、高峰はハッとした。

「あの化け物が向かっている方角に、ある……」

「会いに行こうと、しているのかもね……」

御影は、纏に同情するような眼差しを向けた。

会って、どうするというのか。自身を拒絶した人間の遺体に向かって、呪言を吐くのだろうか。それとも、あの耳まで裂けた口で、呑み込もうというのか。

神無は固唾を呑む。すると、御影が「神無君」と彼を現実に引き戻した。

「僕が君に、実戦についてレクチャーした時のことを覚えているかい？」

「覚えてる。確か、クスリの取引現場で売人が暴走しちゃって異形化して……」

記憶の糸を手繰り寄せた神無は、ハッとした。

あの時は、神無がその咎人の弱点を——罪の根源とやらを暴き出したのだ。

「罪の根源を……欲望の元を破壊したから、元に戻った……」

「そう。君の『暗殺』の異能には、相手の弱点を導き出す力がある。それで彼女を、救うことが出来る」

「『暗殺』の異能で……人を救う……」

「どんな力も、使い方次第でどうにでもなるものさ」

御影が微笑む。

その背後では、蛇身になった纏の尾が、彼女の行く手を阻む電柱をなぎ倒した。その先の道は、大通りに繋がっている。秋山が封鎖しているはずだが、纏自身が顔を出してはそれも無意味になってしまう。

「あの化け物をどうにか出来るのならば、私も協力しよう」

高峰が、御影と神無の間に割って入る。

「いや。公務を執行すべく、君達に協力して欲しい——と頭を下げたいところだな」

「君に協力するには、条件がある」

御影は簡潔に言った。

「まずは、神無君を見逃してよ。僕には彼が必要なんだ」

「なっ……！」

高峰は絶句する。しかし、御影は畳みかけるように言った。

「君の使命は、『令和の切り裂きジャック』事件を解決すること。神無君だったら、もう事件を起こさないし、僕が起こさせない。この先もずっと——ね？」

御影は神無を見やる。神無は、「ああ」と深く頷いた。

高峰は神無の目を見つめる。神無もまた、高峰を見つめ返す。それは一瞬のことだったが、彼らには永遠のように思えた。

「……検討しよう。今回の、成果次第だ」

「有り難う」

御影は微笑む。

「もし、僕の条件を呑んでくれなかったら、彼女の後にもてなして貰うので宜《よろ》しく」

御影はさらりとそう言うと、大通りを目指す纏に向き直った。

「神無君、視えるかい？」

御影の問いに、神無は頷いた。

「ああ。……喉元だ」

「僕が彼女を足止めする」

御影は外套《がいとう》の中からステッキを取り出し、周囲にある元素を把握すべく、一瞥した。

御影には、元素やらエーテルやらを感知する力があるらしいが、神無には分からない。きっと、神無とは異なる風景を見ているのだろう。

「神無君がその隙に彼女の懐に潜れればいいんだけど、あの尾が危険でね」

蛇身の纏は、大通りに向かう道の左右にある塀を、尾で薙《な》ぎ倒《たお》して行こうとする。

鞭《むち》のような尾がしなる度に、石で出来た塀はなす術《すべ》もなく崩れて行った。

「ならば、私が気をそらす」

高峰は、六枚のコインを手にしつつ言った。

「了解。それなら、行けるね？」

御影の問いに、神無は頷く。

「ワイヤーをもう一本持って来ればよかった」

「次からはそうすればいいさ」

神無の軽口に、御影が応じる。それが、合図となった。

「纏ちゃん！」

神無が叫ぶ。すると、纏は鎌首をもたげて振り向いた。

「神無……サン……」

大きく裂けた蛇の口から、纏の声が漏れる。それは悲痛な声で、神無に縋り、助けを求めているかのようだった。

「待ってろ。今、苦しみから解放してやるから……！」

纏は蛇身をくねらせながら、神無に向かって突進し始めた。その背後で、御影が術を完成させる。

「猛《たけ》る清姫に束縛を。――『地脈決裂《アース・クレバス》』！」

ズンッという地響きがしたかと思うと、纏の下にある大地が裂ける。アスファルトに入った大きな亀裂が、彼女の蛇身を呑み込んだ。

「走れ！」

御影が叫ぶと同時に、神無が駆け出す。身動きが取れない纏はもがきながらも、神無に向かって威嚇するように尾をしならせた。

だが、鷹のように飛来したコインが、纏の顔に当たって彼女の視界を眩《くら》ます。

「ドウシテ……ドウシテミンナ、私ノ邪魔ヲスルノ……！」

「邪魔じゃない。君を助けたいんだ」

纏と距離を詰めた神無は、彼女の蛇身を一気に駆け上がる。彼の凶刃が向かった先は、彼女の喉元にある唯一逆さまの鱗だった。

刃が、その逆鱗《げきりん》に突き立てられる。他の鱗は高峰のコインを弾いたというのに、その逆鱗は神無の刃を易々と通した。

「アアアアアッ！」

「耐えてくれ、纏ちゃん……！」

首筋が熱い。自らの聖痕が、燃えるように輝くのが分かる。

耳障りな悲鳴が周囲に響き渡るが、神無は耳を塞ごうともせず、逆鱗の奥深くに刃を食い込ませる。

すると、あった。硬い手応えがしたのに気付いた神無は、切っ先をそれにひっかけて、ずるりと逆鱗の奥から摘出する。

「これは……」

ドッとどす黒い血が噴き出し、神無の赤い髪を染めて行く。だが、神無は、纏の蛇身から取り出したものを見つめていた。

それは、携帯端末だった。神無が切っ先を立てたせいで、画面は大きく割れているが、電源は入ったままで無事だった。

そこには、纏と美しい髪の女性の写真が映っていた。仲睦まじく身を寄せ合う二人の姿は、もう二度とこの時に戻れないことを暗示するかのように、亀裂で真っ二つになっていたのであった。

纏由良《ゆら》は、何においても一番になれなかった。

彼女は、纏家の次女として生まれた。だが、姉とそれほど年が離れていなかったため、両親は姉の世話をする片手間に、由良の面倒を見ていた。

加えて、由良の後に弟が生まれた。両親は長男を可愛がり、由良は両親の寵愛《ちようあい》を充分に受けられずにいた。

姉と二人だった頃は、後で生まれたんだから我慢しなさいと姉に言われていた。弟が生まれた後は、お姉ちゃんなんだから我慢しなさいと両親に言われていた。

その所為《せい》か、由良は引っ込み思案な性格になった。出来るだけ周りの空気を読み、自分の意見を押し殺すようになった。

「由良ちゃん、いつも頷いてばかりじゃない？　もっと我儘《わがまま》になっていいのよ」

高校生になってから出会った少女に、心配されるように言われた。彼女は何かと、世話を焼いてくれた。ハッキリした物言いの彼女に、由良はいつの間にか惹《ひ》かれていた。

　彼女は、輝く髪の綺麗な人だった。どうやら、外国人の血が混じっているようで、その髪も生まれつきなのだという。

　その所為で、彼女は生徒指導の教師と諍《いさか》いが絶えなかった。由良達が通っていた学校は、古臭い体質を引きずったままだったのだ。

「本当に、失礼しちゃう。どうして、生まれ持ったままの髪じゃいけないわけ？　染めなきゃいけない理由、分からないんだけど」

　輝く髪の少女は、不貞腐れるように言った。

「でも、染めたら文句を言われなくなるよ……？」

　由良は恐る恐る、彼女に意見した。彼女がいつも教師達とやり合っているのを、不《ふ》憫《びん》に思ってのことだった。

　すると、輝く髪の少女は眦《まなじり》を決した。

「何言ってんの！　人にやれって言われたら、由良ちゃんはそれに従うの？　それって、生きてる意味あるわけ？」

「生きてる……意味？」

「私達って、別に誰かに縛られるために生きてるわけじゃないでしょ。機械じゃないんだから。だから、由良ちゃんもいい子になってばかりじゃダメよ」

「別に、いい子だなんて……」

少なくとも由良は、自分は悪い子だと思っていた。

姉にお気に入りの人形を取られた時は、階段から突き落としてやろうと思っていた。

両親を弟に取られた時は、弟を風呂に沈めてやろうかと思っていた。

暗い嫉妬の炎が身を焦がす度に、悪意に満ちた衝動が彼女を襲った。だが、それはいけないことだという理性が、彼女を押し止《とど》めていた。

その理性が無くなってしまったら、自分は一体どうなるのだろう。

由良は常に、自分の抱える凶暴さに怯えていた。欲求不満が膨れれば膨れるほど、その嫉妬深い大蛇は、自分の腹を突き破って相手を喰らおうとするのだ。

だが、由良が二十年ほど我慢していたものは、ある事件で決壊した。

輝く髪の少女は、輝くような美しい女性になり、異性と頻繁に遊ぶようになった。

由良も彼女の誘いで合コンに行ったのだが、自分に言い寄って来る異性は全て、身体目当ての汚らわしい獣のように見えた。結局、誰とも付き合うことなく、合コンの誘いにも乗らなくなってしまった。

そんなある日、美しい髪の女性は、彼氏が出来たのだと由良に言った。写真を見せて貰ったが、合コンで由良にも声を掛けていた男だった。

由良は、かっと頭に血が上るのを感じた。怒りと悲しみと嫉妬が、腹の中に渦巻くのに気付いた。

「やめよう、その人は」

由良は、美しい髪の女性に縋るように言った。しかし、彼女は「別に、誰と付き合ってもいいでしょ」と由良を突き放した。

由良は、友人の言い分は尤もだと思った。

誰が誰と付き合っても、別に構わないではないか。しかし、そう思う一方で、心の中の嫉妬の大蛇が激しく暴れる。

彼女の隣にいるのは、自分だったはずなのに。どうして、彼女はあんな男を選んだのか。

あの男、消してしまおうか。

由良の脳裏に、恐ろしい考えが芽生える。人間なんて、薄っぺらい皮に包まれた水袋のようなものだ。ひとたび包丁を突き立てれば、大量の血が噴き出して、たちまち命の火を途絶えさせることだろう。

（そんなの……、駄目だ）

由良は衝動を抑えつける。それは、人の道に外れた行為だから。そんなことをしたら、友人を悲しませるから、と。

由良が自身と闘う日々が過ぎ、どうしたものかと疲弊した結果、由良は自分の胸の内を、友人に話すことにした。

貴女《あなた》を、ずっと愛していたのだ、と。

しかし、美しい髪の女は、嫌悪感のあまり顔を醜く歪めて、こう言った。

「気持ちが悪い」と。

由良の衝動を抑えていたものが、音を立てて呆気なく壊れた。

「あんた、女じゃない。女が女を愛しているなんて、気持ちが悪い」

「なに、言ってるの……？　誰が何を好きになるかなんて、決められてるわけじゃないのに」

「それでも、気持ち悪いのよ。今まで、私のことをそんな目で見てたわけ？」

「そんな目って……。そうじゃなくて、今まで通り、一緒にいられればいいと思って」

「今までは友達だったし、これからも友達でしょ。だったら、別に今のままでもいいじゃない」

「貴女があの男と付き合ってるのは嫌！」

　由良は叫ぶ。

　大学の帰りの、人気のない路地裏でのことだった。彼女の叫び声を聞く者は、友人以外に誰もいなかった。

「何を言ったって、私はあの人と付き合うのをやめない」

　美しい髪の女は、顔を怒りに歪めて言い放った。「そんな」と由良は悲痛な声を漏らす。それが癪《しゃく》に障ったのか、美しい髪の女は、由良を突き飛ばした。

「あんたとも、もうお別れよ」

　由良の身体と、鞄《かばん》が路上に転がる。

「前からウザかったのよ。何処に行くのにも付いて来てさ。その、おどおどした目も大っ嫌い。男に媚《こ》び売ってるみたいで、ムカつくのよ」

「そんなんじゃ……」

「合コンに来た男達も、あんたのことばっかり話してた。あいつら、あんたみたいに扱い易そうな女が好きみたいね」

　由良は、半開きになって転がっている鞄を見やる。この人の口から、そんな言葉を聞きたくなかったな、と思いながら。

「私は絶対に彼と別れない。何故ならね、大学を卒業したら、彼と結婚するつもりなの」

「えっ……」

由良が顔を上げると、美しい髪の女は、愛おしげに下腹部を——子宮の上を撫でていた。

「私、妊娠してるのよ。彼との子供が、ここにいるの。私達、本当に愛し合ってるのよ」

うそ。

由良の呟きは、言葉にならなかった。頭が真っ白になり、気付いた時には、鞄の中に入れていた包丁を引っ摑んでいた。追い詰められた彼女が、昨夜、衝動的に入れてしまった凶器を。

「な、あんた……!」

美しい髪の女は、その顔を恐怖に歪める。咄嗟のことからか、彼女の脚は硬直して、動かなかった。

「貴女が、あんな男に穢されるなんて……。でも、それよりも——」

由良の切っ先は、今後、彼女の寵愛を一身に受けるであろう存在へ向いた。遠くない未来、彼女の愛を全て奪うであろう存在へ。

由良は獣のように吼《ほ》える。友人と揉み合った末に、彼女の凶刃は、友人の腹を――。


気付いた時には、神無の腕の中に、纏由良の身体が収まっていた。

彼女は、あの繊細で、少し頼りなげな女性の身体に戻っていた。神無は裸体の彼女に上着を掛け、御影はそんな神無に駆け寄り、ハンカチで返り血を拭う。

「大丈夫かい、神無君」

「うん……。大……丈夫」

一瞬だけ、纏の記憶が窺えた気がした。それを御影に伝えると、「穢れた血に触れると、偶《たま》に起こる現象さ」と言った。

「僕も、穢れた血を口にすると、その血の持ち主の記憶を追体験することがある」

「……そっか。それじゃあ、今のはやっぱり、纏ちゃんの記憶か……」

神無は、気を失っている纏をぎゅっと抱く。

彼女は、ずっと自分の身を焦がす嫉妬の炎と闘っていた。しかし、友人との行き違いで、それは表に噴き出して、結果的に人の道を外れることになった。

彼女の友人が、もっと彼女のことを理解してやれば良かったのだろうか。それとも、彼女が、幼い頃から充分な愛を注がれていたら違ったのだろうか。

「篠崎。彼女を渡して貰おうか」

高峰が歩み寄り、冷静にそう言った。

「詳しい話は署で聞く。彼女は人を殺した。だから、然るべき罰を受けて貰わなくてはいけない」

「……ダメだ」

神無は、纏を庇《かば》うように抱く。

「篠崎！」

「このまま、彼女が塀の向こうに行ったらどうなるわけ？　愛の向け方も知らないし、向けられ方も知らないのに……」

「いいんです」

神無の腕を、頼りなげな手が摑んだ。それは、意識を取り戻した纏のものだった。

「纏ちゃん……！」

「私、もういいんです。最後に、貴方に会えたから」

神無の腕の中で、纏は微笑んでいた。満足そうな笑みだった。

「俺に、会えたって……」

「神無さんは、見ず知らずの私に真摯に接してくれた。それもまた、愛だと思うんです。……貴方の無二の存在になれないのは、悔しいですけど」

纏は、憑《つ》き物《もの》が落ちたような顔をしていた。神無は、そんな彼女を強く抱きしめたくなった。

しかし、そんな衝動を遮るように、纏は自らの脚で立つ。そして、高峰の元へと歩いて行った。

「話の流れからして、貴方は警察の方なんですよね？　どうぞ。私を連れて行って下さい」

「……ああ」

高峰は神妙な面持ちで頷き、纏を迎える。そんな彼に、御影が口を開いた。

「高峰君。咎人を法で裁くのは無意味という話は、覚えているよね」

「無論だ。だが、殺人罪は殺人罪だ。咎人になる前、即ち、きっかけとなった事件は、従来の法で裁くことになるだろう」

「では、咎人に科すための罰が無いことも知っているかな」

「何だと……？」

「咎人は、罪を清算しないと死ねないんだ」

御影は、高峰と纏の前で語る。

咎人は罪の重さだけ苦痛を味わわなくては、死ぬことすら許されないということを。そして、自我によって自身を保っているため、我を失うほどの苦痛を与えれば、その度に異形化する危険性があるということを。

「これらの点を考慮して、彼女を丁重にもてなすべきだ。君達警察は、咎人の世界では新参者なのだから」

「……忠告、感謝する」

高峰は一瞬だけ物言いたげな顔をするものの、すぐに打ち消して平静の鉄仮面を被り、秋山とパトカーを呼び戻した。

パトカーが戻って来ると、高峰は纏に身を包めるほどの毛布を渡し、彼女と共に後部座席へと向かう。

乗り込む直前、纏は立ち止まり、神無と御影の方を見やった。

「有り難う御座います。そして、お世話になりました」

晴れやかに微笑む纏に、神無は何と声を掛けていいか分からなかった。御影は、「お元気で」と迷わず返しているのに。

神無が声を掛けあぐねているうちに、纏は次の言葉を継ぐ。

「やっぱり、私じゃ力不足みたいです」

「えっ、なにが？」

神無が尋ねると、纏は困ったように笑った。

「神無さんの隣は、私じゃなくて御影さんだなって思いました。貴方達に、会えて良かった」

「纏ちゃん……」

「私……神無さんが言うように、間違ってました。私は彼女を奪ったもの達に嫉妬していましたが……彼女を……喪《うしな》いたくはなかったのに……」

纏は、蛇身となった彼女が向かおうとしていた方に顔を向けながら言った。その表情は、神無からは窺えなかった。

「それじゃあ」

纏は一礼すると、パトカーに乗り込む。ガラス越しにしか姿が見えなくなってしまった彼女に、神無は追いすがるように声を掛けた。

「また――、また、君に会いたい！」

神無の言葉を聞いた纏は、ハッとした表情で神無の方を振り向き、やがて、心底嬉しそうに微笑んだ。

「有り難う御座います！」

涙を堪えるような、胸いっぱいになった笑顔。それを最後に、彼女の姿は後部座席の奥へ引っ込んでしまって、見えなくなった。

「本件への協力、感謝する。次に会う時、しょっ引く者としょっ引かれる者でないことを祈ろう」

高峰もまた、後のことは任せておけと言い残し、二人に一礼してパトカーに乗り込もうとする。

「そう言えば、俺はそのままでいいわけ？」

「お前は、本件で充分な活躍をしてくれた。それに、私の仕事は、『令和の切り裂きジャック』事件の解決だ。お前の逮捕じゃない」

「でも……」

「本件について、詳細は御影から聞いた。私は、本物の『令和の切り裂きジャック』と出会っていないことにする。それでいいな？」

「詳細を御影君から？」

神無は御影を見やる。だが、御影は涼しげな顔で微笑んでいるだけだった。

「では、失礼する。私は忙しいのでな」

「じゃあな、刑事サン。今度は、本当のあんたとも話したいもんだね」

「じゃかあしいわ、クソガキ」

高峰は神無に対して、吐き捨てるように応えると、パトカーに乗り込んでドアを乱暴に閉める。運転席にいた秋山は、高峰の変貌っぷりにギョッとしていたが、窓を開けて神無と御影に挨拶をする。

「肝心なところは通行人の応対で全然見えなかったけど、助けてくれたんだよね。有り難う。お陰で、一般人に被害が出なかったよ」

「どう致しまして。でも、それは君の懸命な誘導のお陰だよ」

秋山に対して、御影が優雅に微笑む。

「そして、君は……」と秋山は神無を見やる。

何か言いたげにするものの、御影が口を挟んだ。

「彼は彼なりに罪を償うよ。こうやって、法が及び難い事件に関わることでね」

「そっか……」

秋山は、何かを察したように頷いた。

「それにしても君、凄いなぁ。最近の高校生ってそういうファッションが流行なの？

昔流行《はや》ったヴィジュアル系みたいだね！　やっぱり、衣装は原宿で――」

「秋山！」

捲《まく》し立《た》てるように喋り出す秋山の座席を、高峰が斜め後ろから蹴り飛ばす。

「ひ、ひぃ！　今走らせますぅぅ！」

秋山は「それじゃ！」と窓を閉めてアクセルを踏み、「発進！」とわざわざ口にして発車した。

神無と御影は、パトカーが走り去るのを見送る。

「……なんていうか、騒がしかったね」

「高校生だって。ふふふっ」

御影は、おかしそうに笑っていた。

「まあ、見た目はそれくらい若いけど、雰囲気が全然違うのにな。あの刑事サン、肝心なところでは動けるのに、目が節穴なんじゃあ……」

「咎人じゃない刑事がどうして高峰君と一緒にいるのかと思ったけど、そういうところが使い易いと思ったんだろうね」

「納得」

神無は、肩の力を抜くように溜息を吐く。パトカーはすっかり見えなくなり、住宅街には、ちらほらと人の往来が戻っていた。倒れている電柱や陥没しているアスファルトを見て驚き、携帯端末で撮り始める人がいたので、二人は神無の家に避難した。

神無の部屋には、纏の荷物が残っていた。

「これ、万屋《よろずや》で盗まれたやつだよね。返しに行かなきゃ」

神無は、大鉈を拾う。いかんせん大きいので、女性が持つには少し重い。纏は、どんな気持ちでこれを持っていたのだろうか。

「これで、任務完遂だね。彼女の鞄は、後で高峰君に届けよう」

御影は、そう言いながら鞄を回収した。

「御影君」

「うん？」

「彼女、どうなっちゃうのかな」

「……さあね」

御影は、困ったように眉根を寄せて微笑む。

「でも、悪いようにはならないんじゃないかな。咎人ではない人材に捜査を手伝わせるくらい人手不足のようだし、そもそも、咎人の力を借りて咎人を制すくらいだから、案外、歓迎されるかも」

「警察が、彼女の罪に目を瞑《つぶ》るってわけ？」

「可能性はある。高峰君だって、何らかの取引があって警視庁に飼われているようだし」

「……まあ、エリートっぽい見た目だけどスジモンっぽかったよね」

高峰の聖痕は何処にあったのだろうか。恐らく、しっかりと身を包んだスーツの中だったのだろう。あの中には、聖痕だけではなく刺青《いれずみ》もびっしり彫られていそうだなと神無は思った。

「僕達はもう、人ではないからね。何だかんだ言って、人の法律を適用するのは難しい。だから、例外を認めるしかないのさ」

「そっか……」

人ではない。

その響きが、神無の中で重くのしかかる。自分が人の道を外れているということは、既に身に染みていた。しかし、纏のような繊細な女性もまた、修羅の道を歩まなくてはいけないのだろうか。

「あれで、良かったのかな」

神無は部屋を片付けつつ、ぽつりと呟く。

「彼女は最後に笑っていた。それが、答えなんじゃないかな」

御影もまた、神無を手伝いつつ答えた。

「……恋愛ってさ」

「うん」

「フる方も、しんどいよね」

纏に想いをぶつけられた時、彼女が本気だというのは伝わって来た。今まで付き合って来た、身体目当ての女達とは全く違うことは理解出来た。

だが、彼女の想いには応えられなかった。自分が彼女に抱いている気持ちは、そういった類ではなかったから。彼女が真剣だったからこそ、自分もまた本当の気持ちを返さなくてはいけなかった。

胸に、大きな棘が刺さったかのようだ。ずきずきと痛む胸に、そっと重ねられたものがあった。

「御影君……」

それは、御影の細くて長い指先だった。御影は、神無に向かって慈しむように微笑むと、手のひらをそっと胸に重ねる。胸の痛みを、癒すように。

「それは、君が優しい子だからだよ。相手の希望に応えることだけが、正解なわけじゃない。結果はどうあれ、君が彼女と真剣に向き合ったからこそ、彼女の魂が救われたんだ」

「彼女の、魂が……」

「覚えておいて。暴走した彼女を元に戻したのは、君の異能自体よりも、君の彼女との向き合い方が正しかったからなんだよ」

神無は今まで、自分に向けられた好意がどんなものであろうと、一度は受け入れていた。その結果、汚泥のような好意に拒絶を示し、凶行に走ってしまった。

神無は、好意の受け取り方を知らなかった。それがもどかしくもあり、苦しくもあった。

だが、纏から向けられたそれをちゃんと受け取り、ちゃんと返せていたのなら——。

「……良かった」

神無は、御影の身体をぎゅっと抱く。安堵とその他諸々《もろもろ》の込み上げて来た感情のせいで、何かに縋らなくては頽《くずお》れてしまいそうだった。

そんな神無の背中を、御影は「よしよし」とあやすように軽く叩く。

「……子供じゃないんだけど」

「僕の前では、子供になっていいんだよ」

「なにそれ。あんまり俺を子供扱いしないでよね、御影おじさん」

神無はわざとらしく虚勢を張りつつ、御影の肩口に顔を埋《うず》める。目頭が熱くなり、声が震えていたので、そんな姿を見られたくなかったがゆえだった。

「おじさん、かぁ。僕が年齢相応の外見だったら、君はもう少し僕に寄りかかり易くなるのかな」

「冗談」

神無は、顔を上げぬまま笑った。

「絵面がだいぶヤバいでしょ。いかにも、若者が悪い大人に誑かされている感じで」

「まあ、事実だし」

「自覚、あったんだ」

神無の笑みが苦笑に変わる。「まあね」と御影が冗談っぽく応じた。

「君と出会った時のことを覚えてる？　君を無理矢理、僕の屋敷に招いて、その首筋に牙を突き立てた時のことを」

「覚えてる。忘れるわけないでしょ。やべー奴だなって思ってた」

「今は？」

「やっぱり、やべー奴だなって思ってる」

神無は、ようやく顔を上げて御影から身を離すと、肩を竦めてみせた。そんな彼の目にうっすらと浮かぶ涙の痕を、御影の指先がそっと拭う。

「それなのに、僕のところから逃げて行かないのは何故？」

「その理由、分かってるくせに」

神無の顔に、いつもの少し斜に構えた笑顔が浮かぶ。それを見た御影は、「愚問だったね」と微笑んだのであった。


万屋に大鉈を返しに行くと、彼女は破顔して喜んだ。

「おお、すまないな！　もう見つからないかと思ったぞ！」

彼女はカウンターから身を乗り出し、大鉈を大事そうに受け取る。

「因みに、何処にあったんだ？」

「桜の木の下に埋まってたよ。神無君が、ここ掘れワンワンしてくれたんだ」

さらりと嘘を吐く御影に、神無は「こら」と軽く肘鉄をする。

「ほほう。お手柄だな。これからは忠犬神無と呼ぼう」

「上についてるの、要らなくない？」

神無は露骨に顔を顰める。

「第一、そこまでご主人サマに尽くしてないっての」

「おっ、そうなのか？」

万屋は、御影の方を見やる。御影は笑みを湛えたまま、こう答えた。

「充分、尽くされてるよ。献身的過ぎて、僕には勿体無いくらいだ」

「ちょ、なにテキトーなこと言って……」

慌てる神無に、「ふむふむ」と万屋は二人を見比べる。

「まあ、どのくらい尽くしているかはさて置き、お前達はいいコンビだと思うぞ。二人とも個性が強くて尖《とが》り過ぎているが、旨く凹凸がハマっている気がする」

万屋は、御影と神無の肩をぽんぽんと叩く。「君も充分個性的だけどね」と、神無は苦笑した。

「報酬は三日以内に振り込んでおこう。あと、お前達に任せられそうな依頼があったら、優先的に連絡するようにしよう」

「恩に着るよ」

御影は、万屋に微笑んだ。

「しかし、御影。お前のことを少し調べさせて貰ったが――」

「何か？」

御影は笑顔のまま首を傾げる。

しかし、その左目は笑っていなかった。僅かに気圧されながらも、万屋は続ける。

「いや……、一部では随分な有名人だったとはな。まさか、そんな奴がこんな場末の店に来るとは思わなかったから、ビックリしたぞ」

「社会見学も必要だと思ってね」

御影は神無の方を見やる。万屋は、御影が言いたいことを察したのか、「そうか」とだけ言って話を終えた。

それから、他愛《たわい》のない会話を交わし、御影と神無は万屋の店を後にする。店先では、あの大男が掃き掃除をしていて、「またな」と帰り際に挨拶をくれた。すっかり、万屋の店員として馴染んでしまったらしい。

空はすっかり、黄昏《たそがれ》の色に染まっていた。

夜が近くなれば、池袋の街には更に人が溢《あふ》れ出《だ》す。会社や学校という集団生活から解放され、自らの欲望を満足させるために、この賑《にぎ》やかな街をうろつく輩が増えるのだ。

そして、それを餌にする輩も徘徊し、煌《きら》びやかだが猥雑《わいざつ》な街になる。

御影と神無は、そんな雑踏の中を歩いていた。

屋敷の鍵を使えばすぐに屋敷へと戻れるが、御影はそうしなかった。用事があるのか、それとも、夜の帳が下りる街を散歩したいのか分からなかったが、神無はそれに従うことにした。

「この街は、騒がしいね」

御影はぽつりと言った。神無は、「まあね」と答えた。

「色んな奴が集まってるから。良い奴も、悪い奴も」

「そして、咎人も」

「……うん」

纏は、普通の女子大生と変わらぬ様子で紛れ込んでいた。神無達もまた、道往く人に注視されることなく、街に溶け込んで歩いている。

黄昏の空の下、善と悪と、人と人ならざる者が混ざった街を歩くのは、不思議と心地が好《よ》かった。雑踏が、罪も痛みも隠してくれるような気がした。

「そう言えば、さ」

「何だい？」

「どうして、刑事サンの俺に対する誤解が解けてたわけ？」

高峰は、纏の犯行も神無の仕業だと思っていた。だが、再会した時には誤解が解けているようだった。

御影は神無と肩を並べたまま、しれっとした顔でこう言った。

「君のアドレス帳を見せたんだ」

「は?」

「君のアドレス帳を――」

「ちょっと待って。なんで、御影君が俺のアドレス帳なんて持ってるわけ?」

細い路地の途中で、神無は立ち止まる。御影もまた、彼に合わせるように足を止めた。

「君が寝ている時に、スマホをこっそりと拝借したんだよ」

「ああ……」

神無には心当たりがあった。

それは御影が、小腹が空いたからと、夜中に部屋へと侵入した時のことだった。確か、ベッドのすぐそばに携帯端末があったのだ。丁度、あの時に御影がいた場所から、手が届く位置に。

「なんで俺の部屋にいるのかと思ったら、そういうことだったのか。ホント、やベー奴……」

「ふふふっ」

「ドヤ顔しないでよ……」

満足そうに笑う御影に、神無は頭を抱えた。

「どうして、そんなの欲しかったのさ」

「何かに使えるかと思って。僕が君にお願いしても、君はくれないでしょう？」

「そりゃそうだ。だからって、人のを勝手に持って行くのはどうかと思うけど」

「でも、役に立ったでしょう？」

まあね、と言いかけた神無だったが、あまりにも癪だったので口を噤んだ。

そうしているうちに、御影は再び歩き出す。

「あのアドレス帳、女の子の連絡先がいっぱいだった」

「……まあね」

神無は、気まずそうに応じながら、ゆっくりと御影の後をついて行く。その背中が雑踏に紛れてしまいそうだったが、肩を並べる気にはなれなかった。

「僕は、時々思うんだ。どうせ一緒に住むのなら、僕は女の子だった方がよかったかなって」

「御影君……」

御影の表情は見えない。しかし、その背中は、今にも黄昏の街に溶けてしまいそうなくらい頼りなく見えた。

「や、それはない」

神無は御影に並び、その背中を軽く叩く。

「男がどうのとか、女がどうのとかってあんまり好きじゃないんだけど、俺は御影君が男で良かった」

「どうして？」と、御影は神無の顔を覗き込む。

「やっぱり、女の子の前では弱音を吐きたくないっていうか、カッコつけたいっていうか。……寄りかかるのも一苦労だから」

それを聞いた御影は、控えめに笑った。

「その気持ちは分かるよ。僕も、レディの前では紳士的であろうとするからね。ずっと一緒にいると、気疲れしてしまうかな」

「御影君は、俺の前でも紳士だよ」

それは、神無の口から自然と出てきた言葉だった。掛け値なしの褒め言葉に、御影は目を丸くする。

「そうかな」

「そうだよ」と神無は頷いた。

「素で接しているつもりなんだけどね。まあ、真摯なつもりではあるけど」

「だれうま」

誰が上手いこと言えと、と神無は笑い、御影もまた、つられて笑う。二人の笑い声は、しばらくの間、雑踏に混じって和やかに続いた。

やがて、御影は左目に穏やかな笑みを湛え、そっと神無の胸に拳を重ねる。

「やっぱり、君はいいね。気に入ると思ったけど、ここまでとは思わなかった」

「そりゃどうも。お気に召して頂いて何より」

「君は僕にとって大切な人だ。とことん付き合って貰うよ、相棒」

相棒。その響きが、神無の中でしっくり来た気がした。

そして、初めて本当の意味で、御影の隣に並ぶことを許された気がした。

「勿論だよ、相棒」

神無もまた、御影の胸に拳を重ねる。お互いに微笑み合うと、二人は軽くハイタッチをした。

「さて。せっかくだし、神無君のおススメのバーに行こうか。案内してよ」

「だね。あそこ、御影君が滅茶苦茶好きそうなカクテルがあるから、楽しみにしてて」

「甘いやつかな。それとも、可愛いやつ？」

「どっちも」

御影は「やった」と嬉しそうに破顔し、神無はそれを見て胸が温かくなる。

池袋の街は、徐々に夜に包まれていく。二人は並んで、その中へと消えて行ったのであった。

3.5

Criminal Stigmata

ヴィルヘルム・テルの事情

カーテンを引いた部屋で、二つの影が重なり合っていた。

「う……くっ……」

神無《かんな》は苦悶《くもん》にも似た声を漏らしながらも、首筋を蹂躙《じゅうりん》する牙に身を任せる。

御影《みかげ》は、その瑞々しい首筋に獣のようにかぶりつきながら、溢れ出る血液に舌を這わせ、時にきつく吸い上げていた。

その度に、神無の口から呻き声が漏れる。しかし、先日感じたような不快感はなく、ほろ酔いにも似たまどろみに包まれていた。

やがて、御影は顔を離して、唇についた血を舐め取る。恍惚とした熱っぽい眼差しを向けられ、神無は心の奥が揺さぶられるのを感じた。

ぼんやりと輝く左頬の聖痕《スティグマ》に、思わず手が伸びる。御影は目を細めて、心地よさそうに神無に触れた。

「ご馳走さま」

御影の手に撫でられると、神無は全身を脱力させた。居間のソファに沈み込んだ彼の上から、御影はそっと降りて隣に座る。

「どう？」

「横になって吸われた方が、立《た》ち眩《くら》みがなくていいかな。採血と同じかも……」

神無は、ぼんやりする頭で何とか答えた。首筋には、御影の唇と牙の感触が強く残ったままだった。

「それも大事だけど、不快感は無くなったかなって」

「ん……」と神無は頷き、御影の手を借りながら上体を起こす。

「全然ない。いつもと同じ」

「それは良かった」

御影は、心底安堵したように胸を撫で下ろした。

「……あれって、拒絶反応ってやつ？」

「そうかもね」

神無は以前、御影から聞いていた。相性が良くない相手の血はひどい味がするし、吸われる側は激痛を伴うと。

それを、纏のことを隠していた時の神無は、身を以って味わったのだ。御影の反応からして、恐らく彼も——。

「君と僕は、心が重なっていないといけないようだ」

御影の指先が、神無の首筋に刻まれた噛み痕を、優しく撫でる。

「んっ……」

鈍い痛みが走ったものの、その滑らかな指先に触れられるのは心地好く、神無はなされるがままだった。

「初対面で吸われた時は、そこまで酷い感覚はなかったんだけど。初回ログインボーナスってやつ？」

神無が冗談っぽく言うと、御影はくすりと笑った。

「そうかもしれないね。まあ、あの時は僕が君に惹かれていたし――」

御影は含みがある視線を神無に向ける。神無は、「は？」と目を丸くした。

「俺は、やベー奴だとしか思ってなかったんですけど」

「無意識で別のことを思っていたのかも」

「……無意識のうちに、君に惹かれてたってやつ？」

神無は怪訝《けげん》な顔をする。だが御影は、「そうならいいんだけど」と苦笑した。

「自暴自棄になっていたんじゃないかって思って。だから、得体の知れないものが終《しゅう》焉《えん》を運んで来ることを期待していたのかもしれないと感じたのさ」

「それは……」

神無は否定出来なかった。探しものが見つからないことも、それに固執して凶行を繰り返す自分にも、嫌気がさしていたから。

「……でも、今は違うし」

「ふふっ、分かってるよ。有り難う」

神無の言葉を、御影は嬉しそうに受け止める。御影の笑顔を前に、神無もまた、心が解きほぐされて行くのを感じた。

「そうだ。明日、出掛けようと思うんだ」

カーテンの隙間から窺える夜空に目をやりながら、御影は言った。

「君がついて来てくれるなら、池袋へ。君のホームタウンだから、詳しそうだし」

「何処へ？」

「案内するのはいいけど、何の用事？」

神無の問いに、御影は自分の指先を見せた。

「ネイルが切れそうでね。買い足そうと思うんだ。あと、雑貨を少々」

御影の美しく整えられた爪は、黒曜石のような色で彩られていた。目にする度に、人形のように浮世離れした容姿に似合っているなと神無は思っていた。

「御影君、自分を飾るのも好きなんだね」

神無は何気なくそう言った。しかし、御影はふと、寂しそうに微笑んだ。

「鏡の前に立つと、亡き半身を着飾っているような気持ちになれるからね」

「あっ……」

神無は思い出す。御影の双子の弟、刹那《せつな》のことを。御影は自身を通して、亡き弟の面影を眺めていたのか。

「まあ、単純にオシャレが好きだっていうのもあるけどね。君もそうでしょう?」

神無に問いかける御影は、いつもの調子に戻っていた。神無はそのことに安堵し、それと同時に御影の傷を掘り起こして申し訳なく思いつつ、「まあ、うん」と頷いた。

「そうだ。神無君も、する?」

御影は、自身のネイルに彩られた指先を見せながら、神無に問う。

「冗談。俺には似合わないでしょ」

「そんなことないよ。試してみようか」

御影は身を乗り出す。神無は、思わずのけぞった。

「い、要らないから! それに、綺麗にして貰っても、戦闘で欠けるかもしれないし」

「そしたら、僕がまた綺麗に整えてあげる」

御影は目を輝かせる。神無は、溜息を吐いた。

「それ、御影君がやりたいだけなんじゃないの？」

「そうだけど？」

「少しは本心を隠す努力をしたら……？」

あっけらかんとしている御影に、神無は呆れたように言った。いつも、彼のペースになってしまう。

「兎《と》に角《かく》、ネイルは要らないから。あと、幾ら池袋住まいだったからって、御影君が好きそうなネイルを売ってるような場所は知らないけど」

「それなら、僕は自分で調べるよ」

「……俺が付いていく意味、なくない？」

神無の疑問に、「ある」と御影は即答した。

「君と出掛けることに、意味があるんだよ」

「あ……そう」

神無はわざと素っ気なさを装ったが、自分を真っ直ぐ見つめる御影の眼差しに、温かさを感じていたのであった。

翌日の空は、よく晴れていた。

快晴の空の下、御影と神無は肩を並べて歩いていた。池袋駅西口駅前広場は相変わらずの人込みで、気を抜いたら相手を見失ってしまいそうだ。

池袋の東西を分かつ壁のような百貨店の紙袋を手に、御影は上機嫌だった。

「やっぱり、俺が出る幕なかったっていうか」

神無はぼやく。御影の下調べは完璧で、地元民だった神無の道案内は一切必要としなかったのだ。

「気にしないで。僕は君が一緒にいてくれるだけで、楽しいから」

「……いや、気にするし。荷物くらいは持たせてよ」

「僕は、荷物持ちが欲しかったわけじゃないんだけど」

御影は苦笑しながら、百貨店のロゴが入ったものとは別の紙袋を神無に手渡した。

「はい。これ」

「ん。雑貨屋で買ったやつか」

それほど大きくない紙袋だが、中身はずっしりと重かった。それは、駅前から少し離れた雑居ビル街の一角にあった雑貨店で購入したものだった。

その雑貨店は、ビルとビルの隙間にある、煉瓦造《れんがづく》りの小ぢんまりとした店だった。

「なんか、ヘンテコな雑貨屋だったよね。マステが並べてあると思ったら、奥に怪しげな瓶が陳列されていたり、カラスの死体の模型なんてぶら下がっていたりしてさ」

悪趣味だよね、と神無はぼやく。それに対して、御影は微笑んだままこう言った。

「あのカラス、本物だよ」

「えっ、本物のカラスの死体を干してたわけ!?」

「模型なんて干してどうするの？」

「いや、畑なんかに使うじゃん。カラス避けにさ……」

雑貨店の庭に菜園があったのを思い出し、「園芸をする時とか」と神無は付け足す。

「あの店、僕は常連なんだ。可愛い文具が揃っているし、魔術の道具や薬草もあるし」

「待って」

神無は立ち止まる。御影は、キョトンとした表情でそれに倣った。

「ファンシーな文具と、魔術の道具やら薬草やらを、一緒にしないでくれる？」

「でも、一緒に売られてるし」

「……それじゃあ、あの店主に問題アリ、か」

神無は顔を覆った。

件《くだん》の雑貨店には、若い男の店主がいた。烏羽玉の長い黒髪で、笑顔を絶やさぬ慇懃《いんぎん》無礼《ぶれい》な人物で、胡散臭《うさんくさ》いことこの上ないと神無は思っていた。

「いいや。彼の腕は確かだよ。僕が欲しい薬も、オーダー通りに調合してくれるし。流石は、悪魔と言ったところかな」

「待って」

「もう待ってるよ」

立ち止まったままの御影は、不思議そうに首を傾げる。

「悪魔って言った？」

「悪魔って言った」

「咎人《トガビト》とかじゃなくて？」

「彼が悪魔だって言ったのさ」

「自称悪魔か……。あるある」

そういうお年頃なのだと、神無は自分を納得させた。

「因みに薬って、何の薬？」

「色々。僕も生計を立てる必要があるからね」

「へぇ……」

神無は、以前から御影の収入源が気になっていた。

彼は『咎人狩り』をしていたわけではないし、屋敷もまた境界に存在するもので、実際の資産ではなさそうだ。その割には、食材は普通に買うし、他にも金銭のやり取りをしている。

まさか、神無が知らない方法で生計を立てているとは。

「本当に、御影君はミステリアスなんだから」

「聞けば教えたのに」

「偶に、はぐらかすでしょ」

神無がそう言うと、御影は「そうだね」と苦笑をしてみせた。

「僕はエーテルを見つけやすいし、元素操作の異能を持っているからね。所謂《いわゆる》、魔法薬の生成が出来るんだよ」

「ふーん。俺みたいな元一般人からしてみるとイマイチ分からないんだけど、咎人の世界だと魔法ってメジャーなわけ？」

「まあ、咎人云々《うんぬん》は関係なしに、魔法使いというのは存在するからね。科学の方が便利になってしまったから、凄く少なくなってしまったみたいだけど」

「……時任《ときとう》サンなんかも、その辺のクチ？」

「まあね」と、御影はちょっと困ったように笑いながら頷く。

かつて、御影に異能の使い方を教えたという時任総一郎《そういちろう》もまた、魔法としか呼べない力を使っていた。ならば教え子である御影が魔法に精通しているのも納得が行く。

「そっか」と神無は相槌を打って歩き出す。

御影もまた、神無の歩調に合わせるように歩んだ。

すっかり無言になってしまったが、昔仲違《なかたが》いをしたという時任の名前を出したからだろうか。

神無は気まずい気持ちで、別の話題を振ろうとする。

その時だった。駅前の雑踏の中に、見知った顔があるのに気付いたのは。

「御影君、あれ……」

神無は御影を小突き、視線で促す。すると、それに気づいた御影は、声をあげた。

「高峰《たかみね》君！」

通行人が注目するほどの声に、視線の先にいた眼鏡の男は、ぎょっとした顔で振り返った。

「一人ってことは、今日は非番かな？」

御影は、わざとらしいほど無垢な表情で首を傾げる。通行人が御影達と高峰を見比べる中、高峰は大股で御影に詰め寄った。

「私の職務上、あまり大きい声で呼ばないで頂きたいんだが……！」

「だよね。だから、こうして声を張り上げれば、君はこちらに来てくれると思って」

御影は、悪びれることなく微笑む。「やっぱり、やべー奴……」と、神無は目をそらした。

高峰は、深い溜息を吐く。

「私に用があるのなら、移動しないか。ここは目立ち過ぎる」

池袋駅西口の往来のど真ん中で、長身で高そうなスーツを着た眼鏡の男と、白髪で眼帯をしたゴシック調の黒衣を纏った青年と、赤髪の青年が突っ立っているというシチュエーションは、他者に無関心でいようとする東京の人々にとっても、注目の的だった。中には、有名なバンドか何かだと勘違いして、携帯端末のカメラを向ける観光客の姿もある。

「そうだね。カフェに移動する算段の余裕もなさそうだ」

御影は頷くと、一先ずは目立たぬようにと、人気が少ない路地裏へと向かったのであった。

人で溢れている駅前から少し外れると、雑居ビル街や歓楽街が横たわっていた。不穏な空気を漂わせている男達や、異国語を話す人々が多く、飲み屋の看板が目立つ。夕方から営業する店が多いためか、昼間だというのに薄暗い雰囲気だった。

それらには目もくれず、高峰は歩きながら問う。

「で、私に何の用事だ」

「用事というか、君に興味があってね。ゆっくり話す機会がないかと思ったのさ」

澄まし顔で答える御影に、高峰は渋面を作った。

「たったそれだけのことで、この私の休日を邪魔するとはな」

「纏《まとい》ちゃんは、どうなったわけ？」

神無は、間髪を容れずに尋ねる。高峰は、ややあって答えた。

「彼女は落ち着いている。悪いようにはしていない。今は、彼女の異能の解析をしている。私が伝えられるのは、ここまでだ」

「そう……。無事ならば、いいんだけど」

「どのような罪を犯していても、異能使いは貴重なようだ。凶暴性がない限りは、……重宝される」

高峰の表情は、複雑だった。神無もまた、纏の無事に安心すると同時に、彼女や自分が背負っている罪の重さを思い出す。

そして、今の自分は、これでいいのかと——。

「それで、いいんだよ」

御影は、神無と高峰に告げた。

「咎人になってしまった以上、相応の苦痛を味わわないと死ぬことが許されない。そして、自然と修羅の道を歩むことになる。罪を背負った時点で、罰を受けることが約束されている。法で裁く必要もないということさ」

「……そう、だね」

神無もまた、咎人の世界に入ってから、相当な苦痛を伴っている。時間が経てば傷は癒えるとはいえ、負傷した時に激痛を感じないわけではない。

しかし、それ以上に、神無にとって隣にいる御影の存在が大きかった。

神無が複雑な気持ちでいると、それを察したかのように、御影が気遣うような視線をくれた。「大丈夫」と苦笑すると、御影はなにも尋ねずに頷く。

「高峰君も、法で裁かれずにいるタイプだよね」

「……ああ」

高峰は静かに頷く。

「そんな君に興味があるのさ。職務をこなす君と、本来の君。僕にはどうも違うように見えてね。その仮面の下に、どんな素顔が隠されているんだろうって」

「ああ。それは俺も気になったかな」

神無もまた、頷いた。

「高峰サン、俺と戦っていた時、荒っぽい口調になってたでしょ。あっちの方が素っぽくてさ。もしかして、スジモンなわけ？」

「……黙秘する」

高峰は中指で眼鏡を直しながら、表情を変えずにそう答えた。

「黙秘ってことは、否定もしないってことだね？」と御影が静かに問い詰める。

「そういうわけではない。何を言われても、私は黙秘を貫き通すぞ」

たとえ、どんな職種を挙げられても、と高峰は念を押した。

「私のことを詮索したいというのならば、帰らせて貰う。非番であろうと、私は忙しいものでな」

「あっ、高峰君……」

踵を返そうとする高峰を、御影が呼び止めようとする。

その時だった。路地裏から、人影が飛び出してきたのは。

「タツ兄！」

それは、髪を金に染め、派手なシャツを着た青年だった。目立つ装いは神無に引けを取らず、眼光はやけにギラついていた。

一目見て、堅気の者でないと分かる。

だが、高峰は青年を見て、「テツ……！」と驚きながらも親しげに名前を呼んだ。

「お前、どうしてここに」

「やっぱり、タツ兄だ……！　目撃情報をもとに、タツ兄を捜し回ってたんすよ！」

「どうして俺を――って」

高峰は、ハッとして御影と神無を見やる。二人は、高峰とテツと呼ばれた青年のやり取りを、一言も余さずに聞いていた。

「高峰サン。それって、ヤがつくお仕事の人じゃあ……」

神無が恐る恐る尋ねると、テツは高峰と神無の間に立ち塞がり、睨みを利かせる。

「おう、兄ちゃん。このお方は、元ウチの組の『鷹の目のタツ』っていうお方だ。舐めた口を利くんじゃねぇ」

「鷹の目の……」

「タツ……」

神無と御影は、高峰を見やる。高峰は、手で顔を覆って大きな溜息を吐いた。

「マジモンのスジモンじゃん……」

顔を引きつらせる神無に、「おう！」とテツが答えた。

「『鷹の目のタツ』と言えば、泣く子も黙る極道よ！　お前らのような、ヤンキーとバンドマンが気軽に話しかけていい相手じゃねぇ」

「ヤンキーと」と、神無は更に顔を引きつらせる。

「バンドマン……？」と、御影は首を傾げてみせた。

次の瞬間、テツの脳天に鉄拳制裁が下る。

「ど阿呆《あほう》！」

「ひでぶっ！」

ゴッという鈍い音とともに、テツは池袋のアスファルトに勢いよく接吻《せっぷん》をするハメになった。

「カシラに言われなかったんかい！　俺に干渉するなって！」

「い、言われましたけど、俺達にはタツ兄が必要なんすよ……」

テツは顔面をアスファルトに減《め》り込《こ》ませたまま、さめざめと泣き出した。その尻を、

「泣くな、ど阿呆！」と高峰が革靴で蹴り飛ばす。テツは、何故か「有り難う御座います！」と叫びながら、アスファルトの上を転がった。

「事情は呑み込めたような呑み込めないようなという感じだけど、彼は組織のリーダーの命に背いてまで、君に頼りたかったんじゃないかな？」

やり取りを見ていた御影は、高峰を落ち着かせるように言った。高峰もまた、ハッとして地べたに転がるテツに歩み寄る。

「……こうなった以上、仕方がない。話は聞いたる」

「そ、そうだった！　大変なんです！」

テツは顔を上げ、高峰に縋りつくように話し出す。

「ウチの新参者が、別の組のシマでシノギをやってるのを見つかっちまって！」

「ああ？　そりゃあ、そいつが悪いに決まっとるやろ。俺に何をやれって言うんや」

「そ、それが、厄介なことになっちまいまして」

テツ曰《いわ》く、テツが属している組の新参者が、敵対する組のテリトリーで金稼ぎをしていたという。それを敵対する組の血気盛んな連中が知り、テツらの組の事務所を取り囲み始めたという。

詳しい事情を聞いた高峰は、露骨な舌打ちをした。

「カチコミか。確かに、ちょいと行き過ぎやな」

「連中、カシラも親父《おやじ》も不在のところを狙って来たんです。俺は何とか抜け出して来て……、とにかく、タツ兄の力が借りられないかと捜していて……」

「待たんかい」

高峰は、眉間を揉みながらテツの説明を制止した。

「カチコミは現在進行中なんか」

「はい。カチコミなう、です」

テツは、真っ直ぐな瞳で頷いた。

高峰は、天を仰ぐ。そして、深呼吸をしてからこう言った。

「……助けたいところだが、組とは絶縁したし、今の俺は役人や。俺が行って沈静化させることは出来ても、お前らをまとめてしょっ引かなきゃならん」

「そんな……」

「『鷹の目のタツ』は死んだ。そう思えと、カシラからも言われたはずや」

「タツ兄……」

高峰の拳は、固く握られていた。彼の心の葛藤を示すかのように、その拳に、血を滲ませながら。

二人の間に、御影が踏み込んだ。

「任侠《にんきょう》の世界のことはよく分からないけど、争いを止めればいいんだよね」

「ああ、まあ……」と、高峰は、何を考えているかよく分からない相手に、曖昧に頷いた。すると、御影はにっこりと微笑む。

「それじゃあ、僕達が行くよ。第三者が止めれば、高峰君の手を煩わせなくても済むわけだし」

「なっ……！」

高峰は絶句する。

「そんなこと、お前達に頼むことは出来ない……！」

「君の良心が痛むのだとしたら、心配はご無用だよ。代わりに、僕達が気になっていた君の事情を聞かせて貰えればいいわけだし」

「取引ということか……」

「悪い話ではないと思うけど」

「くっ……」

高峰は言葉に詰まる。御影はそれを肯定と捉えたようで、「有り難う」と微笑んだ。

テツは目を白黒させながら、二人の様子を眺めていた。

「タツ兄……。このバンドマン、そこまでやり手なんですかい……？　それとも、抗争なんてくだらねぇぜ、俺の歌を聴けって感じとか……」

「僕はバンドマンではないよ。歌で争いを鎮めるのは、素敵だと思うけど」

御影は笑みを湛えたまま、ぴしゃりと否定した。

「っていうか、勝手に俺がエントリーされてるんですけど」

神無は、口を尖らせながら御影を小突いた。すると、御影は悪びれる様子もなく、微笑んでみせる。

「君は優しいから、手伝ってくれると思って」

「優しくはないけど、手伝うね。仲間外れはムカつくし」

「流石は、僕の相棒だ」

「そりゃどうも」

テツが飛び出してきた方へ歩み出す御影に、神無もまたついて行く。テツは呆気にとられたまま、その背中に問いかけた。

「バ、バンドマンじゃなかったら、何なんすか……？」

御影は振り返る。そして、真紅の左目にテツを映しながら、こう告げた。

「――吸血鬼だよ」

妖しく微笑む御影に、テツは畏怖の表情を浮かべながら、絶句したのであった。


空はいつの間にか、どんよりと曇っていた。

テツの組の事務所は、少し離れた雑居ビル街の一角に、ひっそりとあるとのことだった。そのビルは今、厳つい男達に包囲されている。

「うわ。やベーのがいっぱいいるんですけど」

電柱の陰に隠れながら、神無が息を吞んだ。やたらと目つきが悪いスーツ姿の男達が、事務所の閉ざされた一階の扉を滅多蹴りしていたのである。

「オラ！　出て来んかい！」

「ケジメつけさせたるわ！」

扉をガンガンと蹴る音が、雑居ビル街に響く。

しかし、誰もが彼らを恐れているようで、通行人はおろか、周囲のビルから覗く人影もなかった。

「高峰君は、ここで待ってて」

御影は、ビル街を駆け抜ける湿った風に白髪を躍らせながら、彼らに向かって優雅に歩み寄る。「お、おい……！」という高峰の制止も聞かずに。

「無駄だよ、高峰サン。御影君は人の言うことを聞かないから」

神無はそう言うと、御影の後に続いた。

ざっと見たところ相手は五、六人だ。彼らは自分達に歩み寄る人影に気付き、「あぁ？」と睨みを利かせた。

「こんにちは」

御影は、殺伐とした場に不似合いなほど、にこやかに挨拶をする。すると、男達のうちの一人が、のしのしと御影に歩み寄った。

「おう、あんちゃん。俺達は今、取込み中なんだ。悪いことは言わねぇ。あっちに行ってな」

「それとも、俺達と遊んで欲しいのか？」

その背後にいた男達は、低い声でゲラゲラと嗤う。すると次の瞬間、御影の目の前にいた男の顎が、鈍い音を立てて突き上げられた。

「うごっ！」

御影の右手には、ステッキが握られていた。その柄で、男の顎を攻撃したのである。

「僕達の相手をしてくれるなら、喜んで」

御影は自らが働いた暴行とは裏腹に、ダンスの誘いを受けるかのように優雅な微笑みを浮かべる。

「こいつ……！」

背後に控えていた男達は、事務所のことなどそっちのけで、懐から拳銃を取り出した。しかし、それを構える前に、あっという間に弾かれてしまう。

「なっ……！」

「ソッコーで銃を使おうとするとか、カッコ悪くない？」

それは、神無のワイヤーだった。彼が巧みに操るワイヤーのフックは、次々と男達の拳銃を宙に放る。

「お前達、何モンだ……！」

顎を押さえる男を前に、御影は飽くまでも穏やかな口調のまま答えた。

「通りすがりの血に飢えた吸血鬼、ってところかな」

「俺は違うけどね」と神無は付け足す。

「きゅ、吸血鬼、だと……!?」

「そう――」

面食らう目の前の男に、御影は詰め寄る。得体の知れなさを悟った男は半歩下がるが、御影が彼の顎を鷲摑みにする方が早かった。

「君の首筋、とても嚙み応えがありそう……」

「ひっ」

御影の指先が、男の首筋をなぞる。男は青ざめた顔で、引きつったような声をあげた。

「その首筋に、牙を突き立てたらどんな味がするだろう……。ねえ、試しても──構わないかな?」

御影は、男の顔を覗き込んだ。吐息が掛かるほどの至近距離で、御影の整った唇が開き、その間から人間のものとは思えぬほど鋭い犬歯が見えて──。

「ひ、ひええ、やめてくれ! 俺に乱暴する気だろう! 官能小説みたいに!」

男は御影の手を振りほどき、首筋を押さえながら逃げ出した。他の男達も、その尋常ではない様子を見て、つられて逃げ出す。

後には、アスファルトに転がった拳銃と、御影と神無が残された。

「御影君、自分のキャラを分かってていいね」と神無が言う。

「個人的には、癒し系になりたいところだけど」

御影は肩を竦めた。

「癒し系は、牙を首筋に突き立てたりしないからね？」

全癒し系に謝ってほしいな、と神無は顔を引きつらせる。

場が収まったのを見計らい、高峰とテツは姿を現した。テツは、「すげー」と二人に称賛を送りながら、落ちている拳銃を回収した。

「……後は、カシラに任せるわ。問題起こした若いモンに、ケジメつけさせることになるだろうが」

高峰はそう言って、テツの頭をわしわしと乱暴に撫でる。弟分に、今生の別れを告げるかのように。

「タツ兄……」

「じゃあな」

高峰は、去り際に手を振る。テツの方に、背中を向けたまま。

御影と神無もまた、高峰と共に去る。テツは、深々と頭を下げていた。

高峰は、「さて……」と咳払いをする。

「お前達には借りが出来たな」

「気にしないで」

御影は、間髪を容れずに言った。

「君の話、聞かせて貰えればそれでいいから」

「くっ……。他言無用だぞ」

「君が義理堅い紳士で嬉しいよ」

周囲に人気が無いのを確認しつつ、高峰は、自身の生い立ちをぽつりぽつりと語った。

「私の父親は、クズが服を着て歩いているような男だった──」

高峰の父親は、母親と息子に暴力を振るっていた。母親は、父親の暴力から幼い高峰を庇っていたのだが、高峰が小学生になる頃には、心身ともに疲れ果て、全てなされるがままになっていた。

そんな母親がいない或る日、自宅で酒を飲んでいた父親は、突如として高峰に暴行を働いた。

父親は賭け事で酷い負け方をしたとかで、すこぶる機嫌が悪かった。そこで、台所にあった包丁を取り出したのである。

高峰は直感的に、殺されると思った。反射的に手に取ったのは、自宅に転がっていたパチンコ玉だった。

高峰は、死に物狂いで父親の手にそれを投げつける。

パチンコ玉は、父親の手に当たり、父親は包丁を落とした。高峰はそれを拾い、父親を——。

「気付いた時には、父親は血まみれで動かなくなっていた。死んでいたのかどうかは、よく分からなかった」

高峰は、視線を動かさずに淡々と語る。自らの胸の内から湧き上がる感情を、押し殺すように。

御影は神妙な面持ちになり、神無は躊躇いながらも口を開いた。

「でも、さ。それって、正当防衛なんじゃない？　高峰サン、殺されそうになったわけだし、自分を守るために無我夢中で刺しちゃうの、誰も責められないでしょ」

「……違うな」

「なんで」

「父親を刺している時、私は冷静だった。この男がいなくなれば、母は殴られたり蹴られたりすることはなくなる、と」

「高峰サン……」

神無は、言葉を失ってしまった。

「『暴君殺しのヴィルヘルム・テル』——か」と御影は呟いた。

高峰は遠い目をしながら、続きを話す。

動かない父親を見て、彼は恐ろしくなって逃げだしたこと。そして、そのまま、都内で路上生活を始めたこと。その矢先に、先ほどのテツがいた組の親分に拾われたことを明かした。

「その頃には、私はあの異能を得ていた。親父は、その腕を見込んだというわけだ」

親父というのは、組の親分のことである。

彼が入り込んだ世界は厳しく激しかったが、親分は高峰を実の子供のように可愛がった。だが、彼のいた組は小さく、抗争の度に、危機に瀕《ひん》していた。

そして数年前、彼はとある事件が切っ掛けで、警察に逮捕された。その獄中で、取引が行われたのだ。

「警察は、君の異能を見抜いていた。だから、君を欲しがった」

御影の言葉に、高峰は頷いた。

「私が警察官として異能課に入ることを条件に、組がすることを目溢《めこぼ》しすると言って来た。私は組を守るために、条件を呑んだ……」

「君の育ての親は、なんて？」

御影は、組の親分を敢えてそう呼び、問う。

「会っていない。条件を呑み、若頭にその旨を伝え、後は絶縁だ。親父は誇り高い男だから、私がしたことは余計なことだと思っていたかもしれないな」

高峰は苦笑する。だが、「どうだろうね」と御影は言った。

「どういうことだ？」

「弟分は、相変わらず君を慕っているようだし、ファミリーからは悪く思われていないんじゃないかな。育ての親も、君が親離れする時だと思ったのかもしれないし」

「親離れ……か」

高峰は、己を鼻で嗤った。

「どうだか。いずれにせよ、私はどの親からも逃げてしまった。こんな親不孝者、彼らよりも後に逝ったとしても、賽《さい》の河原で石積をすることになるだろうな」

「それは、三途の川まで行ってみないと分からないね」

「ああ、そうだな。今は、やれることをやるだけだ」

高峰の目には、覚悟が宿っていた。彼の視線は、明日とその先を見つめていた。

「安心しなよ。咎人はなかなか死なないから」

神無は肩を竦めて軽口を叩く。「ふん」と高峰は自嘲気味に嗤った。

「私の話は以上だ。次に会う時には、敵対していないことを祈ろう」

「そうだね。君の立場は、なかなか難儀そうだ」

御影は頷く。

「篠崎《しのざき》。お前に関しては、一時的に黙認しているだけだ。次に会わないことを祈る」

「それはそうと、本名で呼ばないで欲しいんだけど」

神無は、今使っている名前の方を名乗る。

そうしているうちに、三人は池袋駅前の開けた通りに出た。多くの人々がすれ違う中、御影と神無、そして、高峰はお互いに別れを告げ、別々の道を進む。

「高峰君に、あんな事情があったなんてね」

「スジモンだったことを隠すために、エリートっぽく振る舞っていたのか……。俺、素に戻ってる時の方が面白いと思うんだけど」

「それは僕も同感だ」

御影は、笑みを湛えながら頷いた。

恐らく、彼とはまた会うだろう。罪があるところに警察が来るのだから。

神無はそう思いながら、ふと、高峰が歩いて行った方を振り返ってみたが、その背中は雑踏に紛れ、すっかり見えなくなっていたのであった。

本書のプロフィール

本書は書き下ろしです。

小学館文庫

咎人《とがびと》の刻印《こくいん》

ジャック・ザ・リッパー・ファントム

著者 蒼月海里《あおつきかいり》

二〇二〇年八月十日 初版第一刷発行

発行人 飯田昌宏
発行所 株式会社 小学館
〒一〇一-八〇〇一
東京都千代田区一ツ橋二-三-一
電話 編集〇三-三二三〇-五六一六
販売〇三-五二八一-三五五五
印刷所 ――― 中央精版印刷株式会社

この文庫の詳しい内容はインターネットで24時間ご覧になれます。
小学館公式ホームページ http://www.shogakukan.co.jp

ISBN978-4-09-406800-9